KB046441

만드는 무

미ㅇ

만드는 사람으로

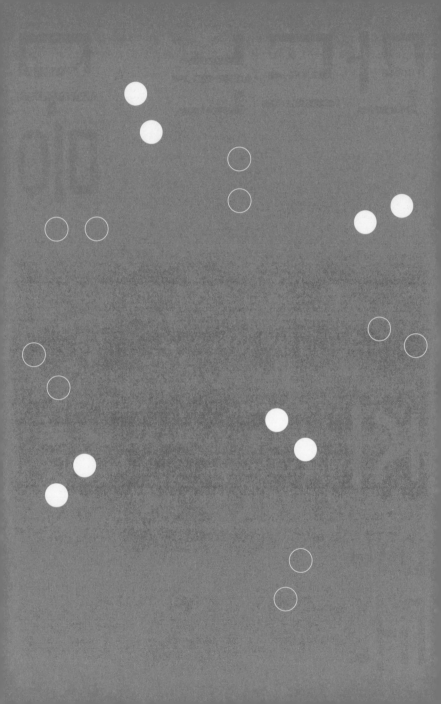

프롤로그

나는 한 달에 평균 120여 개의 콘텐츠를 본다. 무엇을 읽고, 보고, 들었는가를 지난 3년여간 축적해온 데이터의 평균값을 내본 결과다. 내가 접한 책, 음악, 뮤직비디오, 드라마, 영화, 팟캐스트, 영상 클립을 모아보니 그 정도 숫자가 나온다. 어디선가 익숙한 질문이 들려오는 것 같다. 식사를 하고 잠을 자고 사람을 만나면서도 그런 숫자가 가능한 것이냐고. 우선, 약속이 없는 날에는 내내 무언가를 보면서 시간을 보낸다. 약속이 있는 날에는 그날 만난 사람과의 대화에 충실한 편인데, 그럴 때마다 아직 들어보지 못한 작품이나 창작자의 이름을 한두 개쯤 듣게 된다. 메모를 해둔 후 관련 링크가 있으면 한가할 때 보내달라고 상대에게 부탁한다. 집에 돌아오는 길에는 "생각해보니 어쩌면 이것도 네가 좋아할 것 같아"라는 말과 함께 책 일부분을 촬영한 페이지나 유튜브 영상 링크를 전달받는다. 사람을 만난 날에는 그런 식으로 다음에 봐야 할 것들을 정리한다. 내 생활은 대개 보고 있던 것을 계속 보거나, 봐야 할 것들을 새로 추가하는 방식으로 채워져 있다. 언젠가 누군가로부터 "넌 텔레토비에 나오는 청소기 푸푸처럼 모든 걸 빨아들여"라는 말을 들은 적도 있다.

개인사의 부침은 있었겠지만 동시대 모든 인류가 공통 재난을 겪지는 않았던, 그래서 거짓말 같았던 2019년을 돌이켜본다. 여섯 번의 이직 끝에 일곱 번째 회사에 다니던 나는 '잦은 이직이 내게 유리한 패턴이 될 수는 없는 걸까?'라는 생각을 하고 있었다. 시작한 일은 많았지만, 끝을 보지 못한 일은 그보다 더 많았다. 하는 일은 재미있었지만, 내가 장기 프로젝트를 할 수 없는 사람일지도 모른다는 감각에 지배당하던 시기였다.

그해, 대중문화 전반을 다루는 뉴스레터 〈콘텐츠 로그〉를 보내기 시작했다. 처음에는 막연히 대중문화에 대해 이야기하는 게 즐거운 일이 될 거라 여겼다. 그보다 더 솔직하게는 내가 기성 매체의 문화면을 공신력 있는 코멘트로 채우는 기자나 평론가가 될 수는 없다는 자각이 더 컸다. 물론, 그만큼의 책임과 부담을 지지 않은 채로 대중

문화에 대해 이야기하는 것도 즐겁기만 한 일이 될 수는 없었지만 말이다. 뉴스레터를 보내며, 대중문화 콘텐츠가 모든 사회 구성원에게 생필품이 아니라는 사실, 즉 어느 누군가에게는 없어도 그만이라는 사실을 자주 떠올렸다. 인정하기 싫지만, 사회·경제·정치에 비해 문화는 다소 변방으로 비켜나 있다. 우리의 삶을 이루는 수많은 조건이 있는데 모두의 삶에서 문화가 높은 우선순위를 점유할 수는 없고, 그럴 필요 또한 없다. 대중문화를 소비하는 일 자체는 얼마간 즐겁지만, 여기서 출발하는 이야기를 만들던 순간부터는 세상에 꼭 필요하지 않은 일을 부러 하고 있는 건 아닐까 싶은 날들이 있었다.

　그러나 뉴스레터라는 플랫폼을 만나 대중문화에 대해 3년 가까이 이야기했더니 이것이 어느새 내 생애 가장 오래 한 일이 되었다. 서당개가 풍월을 읊는다는 햇수이자 직장인이 근속 기념 휴가를 갈 수 있게 되는 상징적인 숫자인 3은 나와는 거리가 멀었다. 뉴스레터 발행 1주년이 됐을 땐 조금 얼떨떨했고, 2주년이 됐을 땐 크게 기념하는 하루를 보냈으며, 3주년을 막 지나친 지금은 '왜 아직도 이 일을 하고 있단 말인가?'라는 묵은 질문에 대한 답을 찾아가고 있다.

　사람들은 어떤 선택을 내린 이유를 말할 때 설득력을 부여하기 위해 사후 분석에 집중한다. '처음에는 가볍게 해볼 요량으로 시작한 건데 하다보니 여러 타이밍이 맞아떨어져 여기까지 오게 됐다'는 식이다. 점점 내가 속한 일의 지형도가 달라지고, 사람들이 중히 여기는 가치도 달라지기에, 변화하는 것들을 잘 살펴두었다가 이제는 흐릿해진 처음의 기억과 적당히 버무려서 답변을 내놓는다. 하지만 이미 내린 선택을 무르지 않은 이유에 대해서는 실시간으로 답변이 가능하다.

　뉴스레터를 보내는 동안 여러 이론과 조언을 들었(고 신경 쓰지 않았)다. 어떤 콘텐츠를 만들든 지지해주고 때로는 이에 비용도 지불해줄 1,000명의 팬을 확보해야 한다는 '슈퍼팬' 이론, 지속가능한 발행을 위해서는 유료화가 필요하다는 '크리에이터 이코노미'의 원리, 뉴스레터에서 파생되는 수많은 기회와 또 다른 정체성 등등. 하지만 무엇보다도, 나는 뉴스레터를 보내는 사람으로 사는 것이 자연스럽기 때문에 이 일을 하고 있다. 모두가 조금씩 다른 이유로 이 일에 임한다. 누군가에게 뉴스레터는 선택을 받아야만 얻을 수 있는 지면의 바깥이며, 또 다른 누군가에게는 태어나 처음으로 가져본 지면이다. 또한 뉴스레터는 친구와의 약속에는 종종 늦더라도 발행일시는 반드시 지키는 선택적 환골탈태의 계기가 되기도 하고, 한번 보내면 수정할 수 없는 발행하기 버튼을 눌러버린 후에는 '엎질러진 물은 주워 담을 수 없다'는 격언의 의미를 실감하는 수업 시간이 되기도 한다. 실제로 수천 명을 대상으로 미완성 뉴스레터를 실수로 발행해 수십 건의 고객 문의에 대응한 적도 있었다. 그런 특이 상황을 제외한다면, 뉴스레터 발행인은 정기적으로 내 콘텐츠를 읽어주는 단 한 사람이 있다는 사실에 감격스러워하고, 구독자의 피드백으로 일주일을 살아갈 동력을 얻기도 한다.

2022년을 시작할 즈음 "왜 아직도 이 일을 하고 있나요?"라는 질문과 함께, "가까운 미래든 최종 목표든 앞으로 도전해보고 싶은 일을 알려주세요"라는 질문을 받은 자리가 있었다. 그동안 비슷한 질문을 처음 보는 사람들로부터 수없이 받아왔다. 내 미래를 보장해주지 않을 거면서도 말간 얼굴로 미래 계획을 묻는 면접관들을 향해, 만일 내가 하는 말을 손으로 만질 수 있다면 그 정도로 두루뭉술하고 윤곽이 없는 물건은 세상에 없을 정도로 모호한 답변을 늘어놓곤 했다. 그날은 달랐다. 합격시켜달라고 잠재력을 어필해야 하는 자리가 아니었으므로, 그 질문에 지금껏 해온 것과는 다른 방식으로 답했다. 내가 도전하고 싶은 일은 그동안 마음속 명예의 전당에 '존잘님'으로 모셔왔던 분들과 함께할 수 있는 판을 만드는 것이라고. 회사에 다닐 때는 '존잘님'과 일하는 과정에 드는 예산 문제를 협상하고, 상급자에게 이 '존잘님'이 왜 필요한 인력인지 객관적으로 설득하는 일에 많은 에너지를 써야 했다. 그러나 회사 바깥에서 뉴스레터 발행인으로 지내면서는 그런 일로부터 자유로워진 게 사실이었다. 모든 기준이 투자 대비 효용을 증명하는 게 아니라 일을 계속하고 싶은 마음을 재확인하는 것으로 바뀌었다.

　내게는 콘텐츠를 창작하는 사람, 유통하는 사람의 두 영역 모두에 각각의 '존잘님'이 있는데 나는 후자에서 판을 만들고 싶었다. 전자가 흔히 '덕질'의 대상이 되곤 하는 작가·뮤지션·영화감독이라고 한다면, 후자는 기자·평론가·편집자·마케터 등이라 할 수 있다.

　유통하는 사람에게는 무언가를 끊임없이 보고, 그것들을 자기 내면 고유의 질서에 따라 엮어낸다는 공통점이 있다. 어떤 사람들은 이야기가 가진 속성을 좋아해서, 누군가는 이야기를 만드는 창작자에게 매료되어서, 또 다른 누군가는 현실을 잠시 잊고 싶어서 오늘의 콘텐츠를 선택한다. 그러나 나를 포함한 콘텐츠 리뷰어가 때때로 마주하는 기묘한 허들이 있다. 나만의 주관적인 감상은 말 그대로 주관적이어서 어떠한 의미도, 영향력도 없을 거라는 사실 앞에 서곤 하는 것이다. 그럼에도 나는 콘텐츠 리뷰가 콘텐츠의 씨앗을 처음 뿌린 사람, 기획을 완성시킨 사람, 마케팅한 사람에게 힘이 되고 그들이 일을 계속해나가도록 돕는 역할을 한다고 믿는다.

1부에서는 장르는 조금 가리지만 시간대는 전혀 가리지 않는 '보는 사람'으로서, 지금까지 뉴스레터 〈콘텐츠 로그〉에 담을 재료가 되어준 것들에 관한 이야기를 담았다. 2부에서는 '보는 사람'이 어떻게 '만드는 사람'이 되었는지 구체적으로 돌아보았다. 아직 뉴스레터 발행을 고민 중이신 분들이라면, 첫 호를 발행하기 직전까지의 주저함이 움직임으로 바뀌는 데 2부가 보탬이 되었으면 좋겠다. 마지막으로 3부에서는 '일하는 사람'의 시선으로 쓴 다양한 콘텐츠 리뷰를 담았다. 프리랜서가 되고 난 후 매일같이 마주하는 동료가 없어서 드라마와 책 속의 주인공들을 동료로 삼곤 하는 내가, 콘텐츠로부터 때로는 위로를 받고 때로는 통찰을 얻은 순간들을 모았다.

지금부터 콘텐츠를 매개로 보고, 만들고, 일하는 사람의 이야기에 즐겁게 동참해주시기를.

차례

2부 만드는 사람

3부 일하는 사람

1부 보는 사람

현대사회 탓하기

아빠는 전집을 사주는 부류의 어른은 아니었다. 그보다는 한글 낱말카드 'ㅊ'에 있을 것 같은 단어들을 대화 중에 자주 흘렸다. "책 좀 읽어라"는 아니었다. "책을 눕혀놓지 말고 책등이 잘 보이게 꽂아두렴" 또는 "책날개를 중간에 끼워 넣지 말아라. 책갈피라는 게 왜 있겠니" 같은 말들이었다. 덕분에 또래들이 "책꽂이에 꽂혀 있으면 보이는 그것(책등)", "표지를 넘기자마자 바로 보이는 그것(책날개)"이라고 표현했던 것들을 유년기의 나는 조금 더 정확한 이름으로 부를 수 있었다. 크게 쓸모 있지는 않았지만.

어떤 부모는 책을 읽지 않는 자녀를 위해 무턱대고 전집을 사들이기도 한다는 걸 한참 후에야 알았다. 아이가 친숙함을 느낄 수 있도록 일단 책에 둘러싸인 환경을 조성해두고 보는 것이다. 책이 나무를 베어서 만드는 거니까, 전집은 유사 나무로 이루어진 숲이라 볼 수 있다. 전집을 사들이는 어른들은 넓은 마당이나 정원이 딸린 집에 살지는 못하더라도 유사 수목원장 노릇을 하며 그 아쉬움을 달랜다.

어릴 적 나를 사로잡았던 책은 주니어김영사에서 펴낸 '앗, 이렇게 재미있는 과학이!' 시리즈였다. 과학뿐 아니라 사회·역사까지 다양한 분야를 망라하는 150권짜리 전집이었는데 당시 '어떻게 이렇게 제목을 잘 지었지?'라는 생각을 하곤 했다. 제목을 속으로 따라 읽은 순간부터 책 표지를 당장 넘겨보지 않고는 견딜 수 없을 것 같은 마음이었기 때문이다. 《물리가 물렁물렁》을 보면 과학에 아무 관심 없던 마음이 금방이라도 물러지는 것 같았고, 《벌레가 벌렁벌렁》을 보면 괜히 으스스 무서워졌다. 이 시리즈의 특징은 《우주가 우왕좌왕》, 《수학이 수군수군》, 《진화가 진짜진짜》와 같이 두운이 있는 형용사를 활용해 어린이 독자에게 낯선 분야에 대한 호기심을 불러일으킨다는 것이었다. 나는 그 시리즈를 이걸 조금 읽었다, 저걸 조금 읽었다 하는 식으로 읽었다. 한 권을 끝까지 보고 다음 책으로 넘어가는 게 목표가 아니었다는 소리다. 여기저기에 발을 걸치고 있다는 감각을 좋아했던 것 같다. 병렬적 콘텐츠 소비의 원형으로 남아 있는 기억이다.

　　그 후로도 늘 그런 식이었다. 조금씩 나누어서 여러 가지를 동시에 읽고, 보고, 들으며 지냈다. 그리고 모두가 그렇게 세상을 본다고 생각했다. 유명 인사의 인터뷰에는 "당신의 인생작은 무엇인가요?"라는 질문이 빠짐없이 나온다. 누구도 그 사람의 인생을 대신 살아볼 수는 없지만, 인생작에 대한 답변을 듣고 나면 그 사람이 어떤 인생을 살아왔는지 적당히 추론해보게 된다. 나는 이 질문에 대해 지금껏 머릿속으로 여러 번 접전을 거듭한 끝에 후보를 추려보았다. 하지만 단 한 번도 제대로 대답한 적이 없다. 대답해버리는 순간 그 작품을 기점으로 나와 내 인생이 고정되는 것 같았기 때문이다. 물론 살다보면 인생작은 업데이트될 수 있지만, 잦은 수정은 신뢰를 잃는 지름길이니까. 자꾸 말을 바꾸고 싶지 않았다. 한군데에 깃발을 꽂기보다는 '청기 올려 백기 내려'를 반복하는 게 내게 더 어울린다고 생각했다. 내 인생을 뒤흔든 작품이 하나일 리가 없다.

　　그러나 그건 바꾸어 말하면 주의력이 결핍되고 파편화된 것, 하나에 제대로 집중하지 못하는 것, 무언가를 내 것으로 소화하는 시간이 부재한 것, 길게 몰입해야만 얻을 수 있는 여운을 느끼지 못하는 것, 하나라도 정확하고 단단하게 알지 못하는 것을 뜻하기도 했다. 학교에서 과제를, 회사에서 프로젝트를 할 때도 그랬다. 일의 시작은 자료 조사부터인데 나는 조금씩 모든 자료를 보는 데 많은 시간을 할애했다. (물론 모든 자료를 본다는 말은 성립할 수 없다.) 집에서 영화를 보다 말고 팟캐스트를 듣고, 책을 주문하러 온라인 서점에 접속했다가 아직 안 읽은 책을 들춰보고, 그사이에 어제 주문한 책이 도착해서 포장을 뜯다가 택배 상자가 몇 칸이나 쌓인 걸 보고는 청소용 음악을 재생해 집을 치우기 시작하고, 청소를 다 끝내지 못하고 드라마를 틀기 시작하는데 머리맡에 있는 모든 책에는 책갈피가 끼워져 있고, 영상 스트리밍 사이트는 '보시던 데부터 재생하시겠습니까?'라고 질문을 건네온다. 나는 늘 마저 넘겨야 할 페이지와, 마저 내려야 할 스크롤과, 마저 눌러야 할 재생 버튼 사이에 있다.

미하이 칙센트미하이는 《몰입의 즐거움》에서 "자신보다 더 위대하고 항구적인 무언가에 소속되어 있다는 느낌을 갖지 못한 사람은 진정으로 충실한 삶을 살아가지 못한다"고 말했다. 마치 나를 위한 진단처럼 들렸다. 나는 내가 마주하는 것들에 결코 '위대하고 항구적인' 소속감을 느끼지 못한다. 재미있는 것과 더 재미있어 보이는 것 사이에서, 혹은 지금 필요한 것과 가까운 미래에 필요하다고 예상되는 것 사이에서 어느 하나만 갖는 것이 아쉽다. 경기장을 발로 뛰는 선수도, 오디션 프로그램에 출연한 지원자도 아니지만, 내 일상에서도 매일같이 토너먼트 대결이 벌어진다. 토너먼트의 세계에서 다음은 없다. 오늘 못 보고 다음으로 넘어가면 끝이란 소리다. 가끔가다 뒤를 돌아보면 그렇게 켜켜이 쌓여간 '다음 기회에'들이 고개를 내밀고 있을 뿐이다.

이런 나와는 달리 지금 눈앞에 있는 것에만 집중하는 사람들이 있다. 그들은 현재진행형의 재미에 머무를 줄 안다. 지금 할 수 있는 만큼 해석하고 소화하고 음미한다. 자신의 속도에 맞게 콘텐츠와 관계 맺는 사람들 이야기다. 그런데 자신의 속도라는 건 뭘까? 나처럼 콘텐츠를 소화하는 사람은 자신의 속도를 잃은 사람인 걸까?

현대사회의 빠른 속도감에 나까지 정신없이 휩쓸려버린 것이라 탓하고 싶은데 사실은 그렇지 않다. 만일 노트북과 스마트폰을 집에 두고 온 채로 호젓한 호숫가가 내다보이는 통나무집에 도착했다면? 적어도 나는, 절대 여유롭게 머무르지 못할 것이다. 집으로 돌아가 보고 듣고 읽어야 할 리스트를 조

● 미하이 칙센트미하이, 《몰입의 즐거움》, 이희재 옮김, 해냄, 2021, 171쪽.

급한 표정으로 적어 내려갈 것이다. 그러다보면 어느덧 해가 지고 사위가 어두워져 있겠지. 다른 환경과 조건에 놓인다고 해도, 지금과 다른 사람이 되기는 아무래도 힘들 것 같다. 문제는 현대사회가 아니다. 모든 것이 빠르게 흘러가는 현대사회에서, 나는 나만의 속도와 방식으로 여기에 적응하기를 택했다.

저, 다음 주에
오스카 연차 좀 쓰겠습니다
#영화

2006년을 대학수학능력시험을 치르는 데 모든 걸 바친 해로만 기억하기는 싫어서, 나는 디즈니가 픽사를 인수했다는 사실로 그해를 추억한다. 디즈니성 위로 포물선을 그리는 불빛이 반짝인 후 잠깐의 암전. 스크린의 오른쪽에서 왼쪽으로 룩소 주니어Luxo Jr®가 껑충껑충 뛰어오다가 'PIXAR'의 'I' 위에서 몇 번이나 점프한 후 정면을 바라보고는 또다시 잠깐의 암전. 이 익숙한 오프닝을 지나면 비로소 영화가 시작된다. 디즈니가 픽사를 인수하고 난 이후에 제작된 작품에는 이 두 가지 오

●　룩소 주니어는 픽사에서 제작된 작품들이 시작하기 전에 픽사의 로고와 함께 등장하는 램프 캐릭터다.

25

프닝이 연달아 나온다. 그런데 둘 중 디즈니성이 먼저 나온다는 것을 디즈니의 6대 CEO인 로버트 아이거가 쓴 《디즈니만이 하는 것》을 읽고 나서야 확실히 알게 됐다. 아, 순서가 그렇게 되는구나!

CEO가 집필한 경제경영서들은 CEO가 썼다는 바로 그 이유로 몇 가지 한계를 가진다. 알고 보면, 그들이 세상을 바꾸는 결정을 성공적으로 이뤄낸 데에는 여러 가지 운과 타이밍이 작용했다. 그들의 능력보다는 인복 때문에 일이 성사되는 경우도 많다. 이 책은 로버트가 사원이었을 때부터 대대적인 인수합병을 이루어낸 사업가가 될 때까지의 브레이크 없는 고속 승진 경험기로도 읽히는데, 그 역시 자신의 일을 돌아보는 과정에서 몇 가지 한계를 드러낸다. 그럼에도 그의 이야기가 인상적이었던 이유는 책에 오프닝 로고의 비밀 외에도 그가 얼마나 창작자 친화적인 사람인지 알려주는 구절이 있었기 때문이다.

> 창작에 대한 프로세스 관리는, 먼저 그것이
> 과학이 아니라는 사실을 이해하는 데서 출발해야 한다.
> 모든 것이 주관적이고, 종종 옳고 그른 것도
> 없기 때문에 그렇다.*

우리가 보는 디즈니-픽사 영화는 동시대의 가장 창의적인 사람들이 모여서 만들어낸 결과물 같다. 디즈니-픽사에 창의력을 배가하는 열 가지 법칙 같은 게 있을지 모르지만, 법칙이 있다 하더라도 그것은 로버트가 말했듯 일반적인 법칙과는 달리 완전히 주관적일 것이다. 그 때문에 내가 엔딩 크레딧만으로도 러닝타임을 십 분 이상 족히 잡아먹는 디즈니-픽사 영화를 좋아하는지도 모른다. 도저히 끝날 줄 모르고 이어지는 사람들의 이름을 보면 수적으로 압도당해 얼얼한 기분이 든다. 저렇게 많은 사람이 영화 한 편을 만들기 위해 모였다는 데 놀라게 된다. 한편으로는 많은 사람이 창조적으로 협업하는 것과 사공이 많아서 일을 그르치는 것 사이의 차이를 알고 싶어진다.

매해 2월 즈음이면 전 세계 영화인들의 축제 아카데미 시상식이 열린다. 정확한 유래는 알 수 없지만, 아카데미 시상식은 '오스카'라는 이름으로도 불린다. 시상자들이 늘 "오스카 수상자는 and the OSCAR goes to......"이라고 공통된 운을 띄우며 수상자를 발표하기 때문인 것 같다.

●   로버트 아이거, 《디즈니만이 하는 것》, 안진환 옮김, 쌤앤파커스, 2020, 101쪽.

1929년에 제1회 오스카가 열렸다는데 그동안 얼마나 많은 해프닝이 있었는지는 모르겠다. 가장 먼저 떠오르는 건 2017년의 일이다. 그해에는 행사의 가장 마지막 순서로 발표되는 부문인 작품상이 〈라라랜드〉로 잘못 호명되었다가 〈문라이트〉로 정정되는 일이 있었다. 두 영화를 모두 좋아해서 어느 쪽이 수상하든 상관없었지만, 그건 어디까지나 일생일대의 오류가 '내 일'이 아니기 때문에 가능한 소리였는지도 모른다.

영화를 사랑하는 사람이라면, 누구나 떠오르는 오스카 에피소드가 있을 것이다. 2020년, 감독상을 받은 봉준호 감독은 "저 내일 아침까지 술 마실 거예요 I will drink until next morning"라는 유쾌한 수상소감을 전했다. 그리고 같은 해 어느 날, 나는 봉준호 감독의 멘트를 그대로 인용하며 SNS 친구들에게 퇴사 소식을 알렸다.

내게 오스카는 영화를 만드는 사람이 아주아주 많다는 걸 상기하는 시간이다. 상의 종류가 엄청나게 많기 때문이다. 웬만한 영화 러닝타임의 두 배를 훌쩍 넘어 다섯 시간 가까이 진행되는 시상식이어서, 주요 부문을 시상하는 시간이 아닐 때는 딴청을 피우며 시청한 적도 있었다. 배우나 감독이 아니면 대개 수상자들의 이름이 낯설다. 그래도 소품상, 촬영상, 음향편집상이 내가 열광했던 영화의 스태프에게 돌아갈 때는 아낌없이 축하를 보낸다. 수상자는 엔딩 크레딧에 올랐던 인물 중 한 사람일 것이다. 유명 감독이나 연예인이 아닌 직업인이 후보에 오르고 결국 상을 타게 되었을 때, 그가 기쁜 마음을 숨기지 못해 새어 나오는 표정들을 보는 게 좋다.[*]

미국 현지에서는 시상식이 일요일 오후에 열리지만, 한국에서는 시차 때문에 오전 9시쯤부터 중계된다. 나는 시상식 현장에 있는 사람들이 구사하는 유머를 바로바로 이해할 수 있을 정도의 영어 실력을 갖추지 못했다. 그래서 시상식을 보는 동안 사회자, 시상자, 수상자가 한 말들이 실시간으로 정리되는 SNS를 두루 참고한다. 비영어권 관객이 오스카를 보는 건 진이 빠질 정도의 멀티플레이를 요구하는 일이다. 월요일 아침에 출근해 자리에 앉은 나는 시상 결과를 보며 너무 많은 일을 동시에 하느라, 일을 하는 것도 아니고 하지 않는 것도 아닌 상태가 된다. 이럴 거면 그냥 시원하게 안 하는 게 낫겠다는

• 예외적으로, 2022년에는 행사 시간을 단축하기 위해 총 23개 부문 중 미술상, 분장상을 포함한 여덟 개 부문의 시상을 사전녹화로 진행했다. 그러나 이런 시도가 영화를 만드는 모두를 위한 행사라는 오스카의 취지를 훼손한다는 일부 우려 섞인 목소리도 있었다.

판단이 들어서, 몇 해 전부터 꼬박꼬박 '오스카 연차'를 쓰고 있다. 월요일에 열리는 시상식을 보는 것이니 무조건 월요일 연차로 예정되어 있다는 점에서, 그리고 월요일에는 이유 없이 출근하기 싫어진다는 점에서 이 연차에는 큰 미덕이 있다.

2021년의 오스카는 예년보다 늦은 4월에 열렸다. 관객을 만날 준비를 마친 작품들의 개봉 또한 미뤄지고 또 미뤄졌다. 영예의 주인공들을 향해 환호하고 기립박수를 칠 관중들은 각자의 집에 있었다. 코로나19가 축제의 모습을 바꾸었다. (그사이에 나는 프리랜서가 되어 연차계를 제출할 곳이 없어졌다.) 내게 오스카 연차는 별도의 이름까지 있는 공식적인 휴가였다. 여름휴가, 근속 기념 리프레시 휴가, 샌드위치 휴가처럼 그냥 쉬는 게 아니라 분명한 명분이 있는 휴가. 그런데 어느새 나를 둘러싼 일의 풍경도, 축제의 풍경도 달라졌다. 앞으로도 이런 식으로 많은 게 달라지겠지. 다가올 새로운 휴가의 이름은 무엇이 될까. 그 휴가에도 오스카 연차처럼 멋진 이름을 붙일 수 있길 바란다.

최고의 음향을
찾아서

#음악 페스티벌

해외 가수의 내한 콘서트에 다녀오는 길에 "오늘 공연장 음향이 뭉개져서 집중이 안 됐다"는 문장으로 시작하는 리뷰를 보았다. 그는 궁극의 음향을 느끼려면 일본의 어느 공연장으로든 당장 떠나야 한다는 다소 과격한 주장을 하고 있었다. 월드 투어를 하는 일부 뮤지션 중에는 밴드가 쓰는 악기뿐 아니라 음향기기까지 항공편으로 운반하는 팀이 있다는 얘기를 들어본 적이 있다. 어디로든 갈 수 있는 세상에서, 어디서든 완벽주의를 추구하는 건 음악 팬이든 뮤지션이든 누구나 부려도 좋을 자유다. 여건만 허락된다면 말이다.

일본은 기본적으로 음향에 깐깐한 사람들이 모여 있는 나라여서 어떤 팀이 무대에 오르든 기본 이상의 사운드가 구현된다는 리뷰가 내내 머리에 맴돌았다. 그 리뷰를 읽고 나니 입맛이 썼다. 모르고 살아도 괜찮았을 감각을 알게 된 사람은 이를 경험해보지 못한 사람과 자신 사이에 은밀한 위계를 만든다. 섬세하고 예민한 안목과 무례하고 오만한 성정. 전자를 갖고 싶어 하는 사람들이 후자에 가까워지는 경우를 자주 마주한다. 음향이 뭉개져 들린다는 걸 의식하지 못한 채로 공연장을 빠져나왔던 나는, 모두가 기본 이상의 무언가를 경험하기 위해 떠날 수는 없다고 스스로를 위로했다.

그러나 이런 생각도 고개를 들었다. 역시 한 번쯤은 음향 강국에 다녀와야 하는 건 아닐까? 그리고 얼마 뒤. 도쿄에서 열리는 아시아 최대 규모의 록 페스티벌인 서머 소닉Summer Sonic®에 가보기로 했다. 이 페스티벌의 운영방식은 조금 독특하다. 페스티벌은 도쿄와 오사카에서 주말 이틀간 동시에 열리는데, 각각의 도시가 하루씩 참여팀을 교체하는 방식이다. 즉, 오사카에서 토요일 무대에 오른 팀이 일요일에는 도쿄에서 공연을 하는 식이다. 나는 도쿄의 일요일 공연과 토요일의 전야 공연을 볼 수 있는 티켓을 구매했다. 보고 싶은 무대는 딱 두 개였다. 토요일 늦은 밤의 아우스게일Asgeir과 일요일 저녁의 라디오헤드 Radiohead. 혹여나 두 도시의 타임 테이블을 착각한 건 아닐까 싶어 열 번 가까이 확인했다.

자정이 가까워지는 2016년 8월의 토요일 밤, 폭염의 잔열이 아직 남아 있는 곳에서, 보컬의 호흡마다 고드름이 서려 있는 듯한 아이슬란드 출신 밴드 아우스게일의 공연을 보는 것은 꽤 이색적인 경험이었다. 서로 이질적인 두 대상이 한 공간에서 어우러지는 것을 감상하면서도, 내가 이곳에 있다는 사실이 이질적이다 못해 멋쩍게 느껴지는 순간에는 '이색적'이라는 진부한 표현을 쓸 수밖에 없다. 실은 이 팀의 무대를 꼭 그들의 본고장인 북유럽에서 봤으면 좋았겠다는 아쉬움도 있었지만, 이 '이색적'인 무대만으로도 충분했다.

도쿄 근교 소도시의 공연장에서 시내에 있는 숙소까지는 왕복 세 시간이 걸렸다. 토요일 오후 11시에 시작된 공연은 한 시간 정도 진행될 예정이었지만, 막차는 자정 전에 끊긴다고 했다. 어쩔 수 없이 '앙코르 무대는 무조건 안 본다'는 행동강령을 정하고 공연장에 입장했다. 계획대로 움직였는데도 막차를 눈앞에서 놓치고 말았지만 말이다.

- 2000년에 시작된 일본의 대표적인 록 페스티벌. 일본에는 록 장르를 내세우는 다양한 음악 페스티벌 라인업이 있는데, 그중에서도 서머 소닉과 후지 록 페스티벌Fuji rock festival이 양대 산맥을 이루고 있다.

다시 공연장으로 돌아온 나는 다음 날 첫차가 올 때까지 이름을 들어본 적도 없는 팀의 무대를 관람하며 깨어 있어야 했다. 들려오는 음악 중에는 얼터너티브 록도 있고, 디스코도 있고, EDM도 있었다. 알지 못하는 노래가 끊임없이 흘러나오는 곳에서 오갈 데 없이 서 있다보니 남은 시간 동안 '궁극의 해방감'이라도 맛봐야지 싶었다. 이 행사의 타임테이블을 사전에 확인했지만, 두 팀 빼고는 모르는 뮤지션이었다. 그래서 그날 밤 계속해서 알지 못하는 노래를 듣고 있어야 했다. 모르는 노래를 배경으로 리듬을 타는 건 고난도의 기술을 요한다. 그날의 내가 리듬을 잘 탔다고는 기억하지 않는다. 오히려 매번 들려오는 노래의 장르는 안중에도 없이, 몸을 멈추지 않고 움직인 것에 더 가까웠다. '록 페스티벌'이라는 장소의 문법을 따랐던 것이다. 한여름에 북유럽 출신 밴드의 라이브 공연을 보는 것보다, 열 배는 더 진기한 경험이었다. 아무도 나한테 관심이 없고, 나도 아무한테 관심이 없는데, 함께 첫차가 올 때까지 각자의 춤을 추면서 시간을 마냥 죽이고만 있는 게 좋았다.

다음 날 아침 7시를 조금 넘겨 숙소에 들어갔다. 가로세로가 반듯한 1인용 캡슐이 열 개 남짓 알알이 배치되어 있는 캡슐호텔이었다. 조식은 건너뛰기로 했다. 캡슐의 문을 열고 들어가 잠을 자기까지는 오 분도 채 걸리지 않았다. 미세하게 벌어진 캡슐 틈으로 여러 국적의 말소리가 한데 섞여 웅웅거리며 들려왔다. 어쩌면 인간의 소화기관에 들어간 캡슐형 알약은 바로 이런 느낌을 맛보다가 분해되는 게 아닐까 싶은 엉뚱한 생각이 들 정도로 몽롱한 상태였다. 모두가 이튿날의 여행을 시작하는 순간에야 첫날의 일정을 마무리했다. 꿈에는 어제 본 밴드가 나왔다.

오후 3시쯤 눈을 떠서 다시 아침까지 있었던 공연장으로 향했다. 라디오 헤드의 〈A Moon Shaped Pool〉 앨범에 수록된 곡들이 음향 강국에서는 어떻게 들리는지 확인할 수 있는 날이었다. 라디오 헤드 무대는 이틀간의 모든 공연을 통틀어 가장 큰 스테이지에서 열렸다. 페스티벌 부스에서 회덮밥을 먹고 장염기를 느끼던 상태였기에 지정석과 스탠딩석 같은 일본어를 구분해서 읽을 정신이 없었던 나는, 인파에 떠밀려 스탠딩석에 입장해버렸다.

어제 밤새 서서 춤을 춘 피곤한 상태에 장염기까지 겹쳤기에, 입장 즉시 땅바닥에 누워버렸다. 옆에 서 있던 관객이 걱정스러운 얼굴로 아직 개봉하지 않은 이온음료를 건네주었다. 어차피 음향이 뭉개지지 않고 제대로 구현되는지가 궁금해서 이곳에 온 거였다. 누워서 이 공연을 보는 것도 별 상관없지 않을까. 순식간에 사위가 어두워지고, 조명이 하늘에 쏘아 올려졌으며, 나는 지면에 맞닿은 몸에 울려 퍼지는 기타와 베이스와 드럼 소리를 '느꼈다'. 공연 내내 대체로 정신을 차리지 못한 채였긴 했지만 말이다.

그날 밤, 서로 다른 공연장이 빚어내는 음향의 질을 정량적으로 판단할 수 없다는 내 직감은 확신으로 바뀌었다. 이틀 내내 최상의 컨디션이 아니었음을 감안하더라도, 음악을 즐기는 데 필요한 것은 실연자·공연장의 고급 장비가 아니라 듣는 이의 마음가짐이라는 결론을 얻었다. 결과적으로 '최고의 음향이 뭐길래'라는 호기심이 일어서 결심했던 그해 여름의 도쿄행은 나를 더 세밀한 감식안을 가진 리스너로 만들어주지는 않았다. 언젠가 익명의 리뷰어를 다시 만나게 된다면, 당신의 의견에 동의하지 않는다고 말해주고 싶다. 그런 건 내가 원하는 방향이 아니다. 바라는 건 단순하다. 누군가를 조급하게 만드는 후기를 쓰지 않을 것. 대신, 지금 듣고 있는 음악에 충실할 것.

팟캐스트가
필요한 순간
#팟캐스트

싱어송라이터이자 작가인 오지은의 팟캐스트 〈익숙한 새벽 세시〉를 처음 들었을 때는, 불면의 밤을 한 번도 경험해보지 못한 상태였다. 〈익숙한 새벽 세시〉는 2009년 발매된 오지은의 정규 2집 수록곡으로 그로부터 6년 뒤 동명의 팟캐스트로 이어졌다.* 2라는 숫자를 공유하면서도, 화음을 쌓으며 감미

* 싱어송라이터 오지은은 〈익숙한 새벽 세시〉 이후로도 팟캐스터로 활약해왔다. 페미니즘을 화두로 한 도서를 읽고 이야기하는 〈페미니즘, 공부하는 중입니다〉(2017), 단순한 관광이 아닌 여행법을 이야기하는 〈오지은의 이런 나라도 떠나고 싶다〉(2019~)를 단독 진행했고, '여자 어른들'의 일상과 이들이 겪는 세상에 대한 이야기인 〈정소연, 이효민, 오지은의 오래달리기〉(2020~)를 한동안 공동 진행했다. 현재는 〈운동바보 오지은의 건강 탐험기〉(2021~)를 진행하고 있다.

로운 발라드를 부르는 팀(2AM)과 상의를 탈의한 채 파워
풀한 댄스곡을 부르는 팀(2PM)이 나뉘어 활동하는 게 신
선하게 느껴지던 시기였다.

그는 에피소드마다 녹음 현장을 상세하게 묘사하는
데 적지 않은 시간을 할애한다. 녹음 장소는 방이었다가,
작업실이었다가, 때로는 여행지의 카페가 된다. 녹음을
시작하는 시간이 실제로 몇 시인가와는 크게 상관없이,
청취자들을 만나러 오는 그는 마치 원곡의 가사처럼 "거
리를 걷고 또 친구를 만나고 많이 웃는 하루를 보내도 오
늘도 나는 잠 못 드는 이미 익숙한 새벽 3시"를 맞이하는
듯하다. 어느 날에는 선풍기가 돌아가는 소리가 들리고,
또 다른 날에는 물잔인지 와인잔인지 모를 것들이 부딪히
는 소리가 들린다. 다른 팟캐스트들은 방송의 녹음 상태
가 좋지 않을 경우 양해를 구하는 메시지를 에피소드 서
두에 미리 언급하지만, 〈익숙한 새벽 세시〉는 오히려 홈
리코딩의 현장감을 생생히 담아낸다. 우리가 일상에서 쓰
는 물건에 흠이 생기듯, 이 팟캐스트에는 생활 소음이 담
긴다. 그런 생활 소음들 사이에서 이 시간의 주인공은 혼
잣말을 시작한다.

그 혼잣말이 언제나 분명한 결말을 향해 달려 나가
지 않는다는 게 좋았다. 나는 말하는 입장에서든 듣는 입

장에서든 선호하는 대화의 유형이 거의 같은 편이다. 갑자기 떠오르는 소재보다는 오래 묵힌 주제를 언어화해서 바깥으로 꺼내기를, 문제만 늘어놓고 말기보다는 종국에 작은 솔루션이라도 주고받을 수 있기를 바란다. 대화의 밀도를 판단하는 나만의 기준이다. 그런 나에게 〈익숙한 새벽 세시〉는 중구난방한 말의 매력을 처음으로 알게 해준 고마운 존재다.

  팟캐스트를 마냥 듣는 게 요긴하게 느껴졌던 건 배 과수원에서 일일 아르바이트를 할 때였다. 백수가 된 지 1주 차에 배 과수원의 인공 수분을 위한 인력을 긴급 모집한다는 글을 SNS에서 보고 조심스레 문의를 넣었다. 배 과수원의 인공 수분이 뭔지는 전혀 몰랐지만 "쉬운 것을 반복합니다"라는 설명에 힘입어 신청했다. 나를 포함해 열 명을 훌쩍 넘는 일일 아르바이트생들이 사나흘간 아침 8시부터 저녁 5시까지 단 한 번의 예외도 없는 완벽한 반복 작업을 했다. 완벽한 반복 작업. 그건 붓처럼 생긴 장비에 꽃가루를 찍어서 배꽃의 꽃술에 묻히는 일이었다. 당연하게도 꽃가루는 하나도 무겁지 않고, 장비도 꽤 가벼운 편이었는데, 배꽃이 항상 키보다 약간 높은 곳에 피어 있었기 때문에 꽃가루를 제대로 옮기기 위해서는 종일 고개를 위아래로 움직여야 했다.

  '밭일'로 통용되는 일에 노동요를 곁들이는 게 좋다는 건 오해다. 반복적인 작업을 할 때는 사기를 진작시키는 신나는 노래보다는 내러티브가 필요하다. 열매에 대한 기여이면서도, 기여로 느껴지지 않는 일. 열매가 열리기 전에 꽃이 활짝 필 수 있도록 중간 단계에만 관여하고 마는 일. 사실 그 모든 작업이 순조롭게 이루어져야 배 농사가 풍년이 되는 것일 테지만, 나는 당시 끝도 없이 하얗게 핀 배꽃 사이에 서서 내가 한 일이 언제 어떻게 구체적인 성과로 이어질지 가늠할 수 없겠다는 막연함에 사로잡혀 있었다. 나는 왜 언제나 내가 무엇을 어떻게 기여할 수 있는지만 생각하는 사람이지? 배 과수원에서 일일 아르바이트생인 내 지분은 한 줌도 되지 않는데도. 매일 팟캐스트 일고여덟 편을 무작위로 들었던 건, 서사화되지 않는 경험을 위로하는 데 또 다른 서사가 필요했기 때문이었다.

불면의 밤이나 밭일을 하는 동안뿐 아니라, 지난 10년 가까이 그럭저럭 무탈한 일상의 여러 날에도 팟캐스트를 들어왔다. 이를테면 따릉이를 타고 무리하지 않는 정도로 페달을 밟으며 한 시간짜리 에피소드 한 편을 들으면, 집 앞의 성산대교부터 반포대교까지 다녀올 수 있다. 설거지를 하고, 빨래를 돌리고, 다림질을 하고, 빨랫감을 개고, 이불 먼지를 털고, 빗자루로 집에 있는 모든 먼지를 쓸고, 바닥을 닦고, 어질러진 책들을 책꽂이에 세

워놓고, 분리수거를 하고, 얼음 틀에 물을 부어서 얼음을 얼리고, 반찬을 큰 통에서 작은 통으로 옮기는 소일거리를 하는 동안에도 팟캐스트를 듣는다. 가끔은 소일거리를 하기 위해 팟캐스트를 듣는 건지 팟캐스트를 듣기 위해 소일거리를 하는 건지 알 수 없을 지경이다.

병원에서 진료를 대기 중일 때도 마찬가지다. 병원장이 출연한 케이블 프로그램을 반복 재생하는 화면을 보면서, 귀로는 팟캐스트를 듣는다. 언제 이름이 불릴지 모르는 채로 마냥 기다리고 있어야 하는 대기 시간을 보내는 탁월한 방법이다.

마지막으로, 친구가 약속에 늦을 때도 팟캐스트를 듣는다. 왜 그런지 모르겠지만 늦을 것 같은 예감을 주는 친구는 꼭 약속에 늦는다. 친구가 늦어서 미안하다고 하면 "팟캐스트 듣고 있었으니까 괜찮아"라고 말한다. 약속에 늦는 사람을 싫어한다는 사실과는 별개로, 그 시간을 잘 보낼 방법은 찾아야 하니까.

팟캐스트가 필요한 여러 순간을 늘어놓았지만, 하나하나 나열하다보니 역설적이게도 팟캐스트는 모든 순간에 필요한 것 같다. 당신의 일상에도 팟캐스트가 요긴하길 바란다.

부동산 문제와
아이들의 문해력
#책

3년 반째 혼자 살고 있는 집은 크게 불편함이 없는 공간이다. 물론 집도 사람처럼 나이를 먹으면서 어제는 멀쩡해 보이다가도 갑자기 잔고장이 나기도 하는데, 그중에는 전구를 갈아 끼우는 것만큼 간단한 문제가 아닌 것도 있다. 퇴근해보니 문 앞에 냉동제품이 배송되어 있는데 마침 도어록이 고장 났을 때, 자다가 집이 무너지는 소리가 나서 눈을 떠보니 화장실 타일 벽면이 내 키보다 더 크게 갈라져 있을 때, 벌레와 며칠간 뜬눈으로 대치한 후에야 기 싸움에서 밀려버렸다는 걸 인정하게 되는 때 등등. 하지만 그럭저럭 위기에 대처해왔다. 위기에 대처하는 힘은 집주인과 단 한 번도 쓸데없는 실랑이를 벌이지 않은 덕분에 무럭무럭 자라난 세입자의 건강한 멘탈에서 나왔다. 나중에서야 알게 됐지만 집주인은 건축업계 종사자였다. 문제상황이 발생하면 직접 공구를 들고 달려와서 말끔하게 수리를 해주거나 가장 효율적인 견적으로 일을 진행해주었다. 운이 좋았다. 집값도 3년째 동결이었다.

그러나 이곳은 '책은 부동산 문제다'라는 출처 미상의 격언에 처음으로 공감한 공간이기도 하다. 언젠가부터 도보로 이십 분쯤 걸리는 동네 중고서점에 책을 자주 팔고 있다. 올해 재계약을 앞두고 문득 내가 판 중고책이 몇 권이나 되는지 궁금해져서 지난 기록을 살펴보니 100권이 조금 넘었다. 더 많은 책을 사들이기 위해 공간을 부지런히 마련한 노력들이 쌓인 결과, 원룸에 세 자릿수의 책이 드나들었다는 점에 새삼 감회가 새로웠다.

처음 중고서점에 책을 팔러 갔던 때를 기억한다. 같은 질문을 스스로에게 몇 번이나 되물었는지 모르겠다. '이렇게 재미있는 책을 두고두고 펼쳐보지 않을 게 확실한가?', '지금은 잘 안 읽히지만 5년 후에 다시 보면 달리 읽힐 수도 있지 않을까? 그만큼 한 뼘 성장한 내 마음의 평수에 감탄이 일지 않겠어?' 같은 질문들. 그러나 경험적으로 알게 된 것이지만, 다시 들춰보는 책은 극히 적다. 나는 같은 책을 세 번 읽으면서 세 가지 버전의 즐거움을 찾아내는 것보다 신작 두 권을 더 읽는

게 좋다. 14,000원에 구매한 책을 균일가 1,200원에 중고로 내놓는 순간에 속이 쓰려오는 경험에도 점점 무던해진다. 무엇보다 책을 그렇게 비장하게 떠나보낼 필요는 없다는 점도 배웠다. 다시 만날 책이 있다면 어떻게든 돌고 돌아 내게 돌아오겠지.

그런데 책이 부동산 문제로 여겨지지 않는, 자기만의 드넓은 서재를 가진 이들에게는 또 다른 문제가 있는 모양이다. 매리언 울프는 글을 읽을 때 인간의 뇌에서 어떤 움직임이 벌어지는지를 연구하는 학자다. 그는 저서 《다시, 책으로》에서 어렸을 적 크게 감명을 받았던 헤르만 헤세의 《유리알 유희》 다시 읽기에 도전하는 자가 실험에 대해 들려준다. 거의 20년 만에 그가 이 책을 다시 읽기로 한 이유는, "읽기와 디지털 문화 속에서 그 변화를 연구하는 학자가 어느 날 문득 자신도 변한 것은 아닌지 자문"*해보게 되었기 때문이다. 결과는 그가 예상한 대로였다. 그동안 누누이 가장 좋아하는 작품이라고 말하고 다녔던 책, 이미 잘 알고 있다고 생각한 이야기를 종이책으로 읽어 내려가는 매리언 울프의 집중력은 형편없었다. 그는 책을 끝까지 읽기가 너무나 힘들었다고 고백한다.

자신의 변화를 받아들이는 과정과 슬픈 가설은 언제나 틀린 적이 없음에 대한 확인은 기묘한 울림을 준다. 그는 종이책과 전자책뿐만 아니라 매일 아침 웹사이트에 올라온 각종 기사와 칼럼을 읽고, 온라인 DB에서 연구 논문을 읽으며 살아왔다. 그러는 동안 책장을 넘기면서 문맥을 구조적으로 파악하는 능력이 이전보다 조금 퇴보한 것이다. 이 실험은 다음과 같은 사실을 알려준다. 내가 언젠가 좋아했던 이야기에 그 시절처럼 쉽게 빠져들 수 없다면, 이는 과거와 달라진 '나' 때문이 아니고 과거와 달라진 '뇌' 때문이라는 것.

영상 친화적인 미래 세대가 위기를 맞닥뜨릴 거라는 진단이 심심찮게 들려온다. 문해력을 집중 조명한 한 다큐멘터리[**]에서 가장 충격적이었던 것은, A4 한 장 분량의 가정통신문의 내용을 이해하지 못하는 학생들을 위해 초등학교 선생님들이 그림판이나 포토샵으로 이를 요약한 카드뉴스를 만들어 배부한다는 에피소드였다. 선생님들은 나로서는 상상도 못 할 추가 업무를 하고 있었다. 이런 사례들은 '문해력 위기'에 대한 공포를 한층 심화시킨다. 하지만 과연 그럴까?

소파에 누워 종일 텔레비전을 보는 사람을 '카우치 포테

●   매리언 울프, 《다시, 책으로》, 전병근 옮김, 어크로스, 2019, 151쪽.

●●   EBS 다큐멘터리 〈당신의 문해력〉, '1부 읽지 못하는 사람들'.

이토 $^{Couch\ Potato}$'*라고 부르고, 종일 책만 들여다보는 사람은 '책벌레'라고 부른다. 둘 다 자리를 뜨지 않고 같은 행위를 지속한다는 공통점이 있다. 이런 공통점에도 불구하고 두 관용어에 은밀하게 배어 있는 문화적 오해 때문인지, 둘 중 주어진 시간을 더 잘 쓰고 더 많은 생산성을 얻은 인물은 항상 후자인 것처럼 여겨진다. 책벌레인 동시에 카우치 포테이토이기도 한 나로서는 두 유형의 우위를 가리는 일이 하등 쓸모없게 느껴진다.

문맥을 이해하고 작가의 의도를 헤아릴 줄 아는 능력이 어떤 경력으로 이어질 수 있을까. 검색으로 원하는 답을 즉각적으로 얻는 대신 문장과 문장 사이에 머물며 사유한다는 건 또 어떤 가치를 지닐까. 앞으로도 이런 질문들은 표현을 달리하여 계속 반복될 것이다. 분명한 건, 치솟는 집값과 다양한 미디어의 범람 속에서 책 한 권을 읽는다는 게 더 이상 고상한 취미의 영역에 속하지 않는다는 것이다.

문해력 위기를 겪는 다음 세대에 대한 진단과는 별개로, 핵심을 찾고 결론이 무엇인지부터 궁금해하는 사람들을 위한 '요약 버전' 수요가 갈수록 늘고 있다. 전문숲文보다 요약이 환대받는다. 정보를 주고받는 방식 자체가 달라지고 있는 것이다. 새로운 읽기 방식을 습득한 사람들에게 책 한 권을 처음부터 끝까지 읽어야 한다고 강제할 필요는 없다. 위기와 오해 속에서 결론은 하나다. 책은 그저 책일 뿐이라는 것.

* 소파Couch에 누워 감자 칩Potato Chip을 먹으며 텔레비전 보는 사람을 일컫는 말로, '빈둥거리는 사람'이라는 의미다.

자정, 오후 6시, 목요일부터 일요일

#케이팝

언젠가 '관련 경력 없이 출판사로 이직하는 법'을 검색해 본 적이 있다. 단어의 조합을 이래저래 바꾸어가며 흡족한 답변을 찾을 때까지 계속 엔터를 눌렀다. 포털사이트에 검색어를 길게 쓰고 있다는 건 그가 구체적인 답이 보이지 않는 상황에 처했음을 의미한다. (예를 들면 언젠가 '가구를 집 밖에 버릴 때의 합법적인 스티커', '누워서 고개를 돌릴 때마다 소리가 나고 천장이 흔들리는 증상' 같은 검색어를 입력해본 적이 있다. 나는 '대형폐기물 스티커'와 '이명증'에 대해 알고 싶었을 뿐이다.)

그러나 포털사이트는 가능성을 말하는 사람과 불가능성을 말하는 사람 모두 아무것도 책임지려 하지 않는 격전지일 뿐이다. 누군가는 그런 성공 사례가 얼마든지 있다고 말하고, 또 다른 누군가는 사실상 힘들 테니 마음을 접으라고 말하는 곳. 혼란스럽던 와중에 가까운 지인의 한마디 덕분에 마음을 정리할 수 있었다. "하지 마! 너는 루틴이 있는 일을 못하니까 편집자가 되면 못 견딜 거야."

아침에 물 한 잔 마시기, 사과 한 쪽 먹기, 하루 십 분 스트레칭하기 같은 것들에 꽤 느슨하게 구는 편이다. 가끔 생각나면 하지만 매일의 영역에는 들이지 않는다. 그때그때 몸과 마음의 수요에 따라 다음에 해야 할 행동을 결정하려 한다. 몸과 마음의 수요라니. 스스로를 대단히 잘 아는 사람 같지만, 실은 좋게 포장한 말이다. '큰일이 벌어질 때까지는 살던 대로 살아보겠다!'라는 배짱이랄까. 자기만의 루틴이 있는 인물은 내게 신화 속 존재와 다름없다. 그들은 '반복'이라는 초능력을 가진 반복의 신이다.

그러나 케이팝을 경유하는 루틴이라면 이야기가 다르다. 케이팝 아이돌은 컴백 전부터 잘 짜인 일정을 발표한다. 그들은 티저 이미지, 티저 영상, 앨범의 전체 수록곡을 조금씩 들을 수 있도록 엮어놓은 하이라이트 메들리 영상, 짧은 버전의 뮤직비디오 영상을 공개할 예정이다. 게다가 이 모든 것을 결코 한 번에 보여주지 않고 조금씩 떼어서 순차적으로 보여준다. 준비한 앨범과 뮤직비디오만 선보인다고 생각하면 큰 오산이다.

이 일정에는 몇 가지 규칙이 있다. 케이팝의 하루는 맑은 공기와 함께하는 아침이 아닌 내일의 날씨가 슬슬 궁금해지는 자정에 시작된다. 자정이면 아티스트 공식 SNS에서 다음 앨범 소식과 연계된 티저 이미지들이 하나둘씩 발행된다. 자리에 누워 핸드폰을 만지작거리던 나는, 이미지 변신을 꾀했거나 거대한 세계관을 납득시키려는 아이돌의 티저 이미지를 마주한다. 대부분의 티저 이미지는 그냥 스쳐 갈 수가 없을 정도의 상품성을 가졌다. 한마디로 과한 자극의 결정체다. (물론 미니 3집에서는 반드시 미니 2집과 다른 콘셉트를 보여주어야만 하는 그들의 사정을 이해한다.) 그러니 자정 전에 잠이 든다는 것은 매일 케이팝 세계에서 최초로 공개되는 무언가를 놓치기를 선택하는 일이다. (그러나 케이팝 기획사들의 주 홍보 채널인 트위터, 인스타그램은 모두 예약발행 기능을 제공하지 않는다. 누군가는 자정까지 노동하고 있다는 의미다.)

9 *to* 6 직장인에게 6시는 너무도 기다려지는 시간이겠으나, 케이팝을 좋아한다면 이 시간이 한층 더 특별해진다. 내게 '워라밸'이 보장되는 직장의 기준은 오후 6시에 발표되는 신곡을 너무 늦지 않게 들을 수 있는가였다. 설익은 짐작이지만, 음원사이트에서 신곡이 공개되는 시간이 몇 해 전부터 자정이 아닌 오후 6시로 변경된 것도

이와 관련이 있을 거라는 생각을 해본 적이 있다. 음원사이트에 업로드된 음원 파일이 재생될 때 혹여나 기술적인 문제가 생길 수 있는데, 유통을 담당하는 음원 스트리밍 서비스의 노동자들이 자정까지 대기하고 있을 수는 없기 때문이다. 아마 정규 근무 시간에 맞붙은 오후 6시에 일괄적으로 음원을 공개하는 것이 더 안정적인 운영 메커니즘이라는 모종의 판단이 있었던 것은 아닐까? (물론 예외도 있다. 아이유는 신곡 분위기를 고려해 스트리밍 서비스와 협의를 거쳐 〈strawberry moon〉은 자정에, 〈가을 아침〉은 오전 7시에 발매했다.)

그리고 유튜브에는 음원과 정확히 같은 시간에 뮤직비디오가 공개된다. 이렇게 자정에 티저 콘텐츠를 보고, 오후 6시에는 음원 및 뮤직비디오를 감상하는데, 여기에 목요일부터 일요일까지 주요 방송사 음악방송 무대를 시청하는 루틴까지 추가된다.* 컴백 무대가 다 거기서 거기 아니냐고 생각하는 사람도 있겠지만, 무대 세트·소품·스타일링이 전부 다르다. 급

---

* 목요일에는 Mnet의 〈엠카운트다운〉, 금요일에는 KBS의 〈뮤직뱅크〉, 토요일에는 MBC의 〈쇼! 음악중심〉, 일요일에는 SBS의 〈인기가요〉 순이다. 모든 아티스트가 모든 음악방송에 반드시 순차 출연하는 것은 아니지만 대개 짧게는 1주, 길게는 3주가량 음악방송을 순회하는 일정을 소화한다.

기야 2021년부터는 무대를 마친 후 카메라 원숏을 독점하는 멤버, 즉 '엔딩요정'이 누구인지까지도 방송사마다 다를 지경이다. 멤버가 여러 명인 그룹은 사이좋게 돌아가면서 엔딩을 도맡는다. 케이팝 아이돌의 무대를 각별히 좋아한다는 건 '우리만의 콘셉트를 보여주겠다'라는 기조 아래 아티스트들이 네 가지 버전으로 연출하는 무대를 감상하기까지를 포함하는 일이다.

자정에 공개되어왔던 티저 사진들은 실물 앨범의 재킷이나 포토북의 형식으로 재생산되는데, 거기에는 아이돌 멤버 수의 제곱에 가까운 조합의 랜덤 포토카드를 비롯한 추가 아이템들이 즐비하다. 몇 해 전에는 꽤 오랜만에 어떤 아이돌의 실물 앨범을 구매했다. 특정 멤버의 사진과 이름 석 자가 학생증 꼴로 제작된 굿즈가 앨범에서 딸려 나오는 것을 보자마자, 그것을 나보다 더 원하는 사람이 있을 것 같다는 생각이 강력하게 들었다. 역시나 바로 중고 거래가 성사되었다. 거래 조건에 대해 꼭 필요한 말만 오간 짧은 대화 중에도 거래 상대가 10대 중반의 학생분이라는 직감이 들었다. 하마터면 "제가 10대일 때는 3집이면 3집이고 4집이면 4집이지, 개별 멤버 버전·콘셉트 버전·랜덤 버전 이렇게 다 다르지는 않았어요"라고 하소연할 뻔했다.

대한민국에서 나고 자란 이를 중심으로 이야기했지만, 전 세계 케이팝 팬들도 서로 다른 고정된 시간에 티저를, 음원을, 뮤직비디오를, 무대를 감상하고 있을 것이다. 이쯤 되면 궁금해진다. 세상에 케이팝 팬들만큼 정직하게 일상의 루틴을 실천하는 사람이 또 있을까?

공포영화를 안 봤는데요,
봤습니다
#호러물

저는 무서운 영화를 못 본답니다. '무서운'이라는 것이
꽤나 주관적인 표현인지라 이해를 돕기 위해 그간의
히스토리를 말씀드려야 할 것 같아요.
저는 박진감 넘치는 BGM, 징그러운 비주얼의 외계
존재, 의학 드라마의 수술 신, 사람의 동공이 커지는
장면을 클로즈업한 장면 등을 보지 못해요.
조커 입의 마감 부분이 꼼꼼하지 않은 것이 왠지
불안해서 〈다크 나이트〉 시리즈를 아직 보지 못했어요.
네, 저는 '프로 무섭러'예요. 필름클럽에서 다루거나
언급한 〈엘르〉(21회), 〈겟 아웃〉(19회),
〈녹터널 애니멀스〉(4회) 등의 작품이 궁금했지만
예매했다가 당일에 취소한 적도 있었고 결국

모두 보지 못했습니다. 호러물, 스릴러물을 보지 않더라도 '세상은 넓고 개봉작은 많다'라는 팩트에 기대 '아니, 못 보겠으면 못 보는 거지 뭐' 하고 수십 번 넘겨왔지만 (…) 정말로 궁금합니다. 어떻게, 과연 어떻게 하면 무서운 영화를 볼 수 있게 되시는 건가요?●

사연을 읽은 진행자들은 사려 깊은 답변을 해주었다. 일단 무서운 장면에서 몸을 돌릴 때 옆 사람에게 방해되지 않도록 극장 좌석을 중앙이 아닌 가장자리로 예매하는 게 좋다는 것. 처음 볼 땐 무섭겠지만 꾹 참고 같은 걸 두 번 보면 볼 만하다는 것. 스크린 속의 배우는 자기 일을 하고 있을 뿐이라는 걸 떠올려보면 도움이 된다는 것 등등. 그중에서 가장 솔깃했던 건 공동 진행자 김혜리 기자가 들려준, 더욱 발전할 문명의 힘을 빌리자는 제안이었다.

●　　SBS 팟캐스트 〈김혜리의 필름클럽 with 임수정 배우, 최다은 피디〉 22회 (2017.07.04.).

제가 극장 가서 가끔 생각하는 발명 아이디어인데요. 그런 안경이 나왔으면 좋겠어요. 쓰고서 조정하면 자체 마스킹이 되는 거죠. (…) 구글 글라스도 나오는 판에, 내 눈에서 마스킹을 해서 가장 정확한 화면 비율로 영화를 볼 수 있었으면 좋겠다 하는 생각을 하는데요. 무서운 장면을 못 보는 관객을 위해 옵션으로 추가 기능을 넣는다면, 블러 기능을 넣는 거예요. 안경을 두 번 터치하면 스크린이 잘 안 보인다든가…….[*]

사연이 방송된 지 5년이 지났고 여전히 묘책은 없다. 내가 호러, 스릴러 장르를 무서워한다고 말할 때 사람들은 특정 작품을 꼽으며 "이건 예상외로 그렇게 무섭지 않을 거예요. 한번 괜찮은지 도전해보는 건 어때요?"라는 의견을 심드렁하게 건넨다. 그러나 '예상외로 무서운 영화'와 '예상한 만큼 무서운 영화'의 차이는 아주 주관적이다. 예를 들면 식당 사장님들은 매운맛과 아주 매운맛의 차이를 정량적으로 표기하는 단위로 '매운맛―신라면 정도'와 같이 표기한다. 언뜻 보면 이만큼 객관적이고 탁월한 기준은 없어 보인다. 그러나 수프를 다 털어 넣지 않고 사 분의 삼만 넣는 사람이나, 물의 양을 적게 잡고

끓이는 사람에게 '신라면 정도의 매운맛'은 대체 무엇이란 말인가? 안심하고 주문한 '매운맛—신라면 정도' 단계의 음식을 힘겹게 먹는 사람을 보며 "너 매운 것 진짜 못 먹는구나?"라고 해봤자 이미 늦은 일이다. 요컨대 작품의 선정성은 음식의 매운맛만큼이나 측정하기 어렵다.

애써 무서운 영화를 볼 때마다 같은 깨달음을 얻는다. 사람에게는 아무리 도전해도 단련되지 않는 감각이 있기 마련이다. 사실 나는 이런 식으로라도 배제할 수 있는 장르가 있다는 게 감사할 지경이다. 봐야 할 작품의 수를 조금이나마 줄일 수 있기 때문이다.

좋아하지 않는 장르의 콘텐츠를 보지 않기로 선택했을 때, 그 작품을 주제로 한 대화에 낄 수 없다는 건 감수해야 한다. 특히 도저히 볼 수 없을 것 같은 장르의 작품이 대흥행작인 경우가 그렇다. 그래서 나는 인기 있지만 볼 수 없는 작품의 줄거리를 할 수 있는 선에서 학습한다. 하지만 당연히 그것만으로는 부족하다. 그래서 소수의 지인을 특파원처럼 활용한다. 그들은 이미 수많은 대화를 거친 후 내 취약성을 진지하게 고

● 　앞의 팟캐스트.

려해주는 사람들이다. 그 작품을 보았다고 연락을 주는 특파원에게 나는 질문 세례를 쏟아낸다. 갑자기 미지의 존재가 튀어나와서 놀라게 하지는 않는지, 도구를 활용한 찌르거나 짓이기는 장면이 있는지 등등. 누군가 지나가다 들으면 참 괴상하다고 여길 만한 질문들이다. 스무고개 같은 질문을 통해 궁금증은 상당 부분 해소된다. 답변을 듣다보면 '역시 난 안 되겠지' 싶어지는 때가 대부분이다. 그럼에도 대화가 마무리될 때 즈음이면 참지 못하고 이런 질문을 던진다. "혹시 정말 완성도가 높아서 내가 놓치면 안 되는 작품인 것 같아?"

이쯤 되면 대부분의 특파원은 그렇게까지 꼭 봐야만 하는 영화는 세상에 없다는 표정을 지어 보인다. 어차피 이 대화는 상대방이 나를 설득하기 위한 것이 아니다. 특파원에게 보고받는 목적은 분명하다. 내가 그 영화를 볼 엄두가 나지 않았기에, 특파원을 통해 대리체험을 하려는 것이다. 생생한 간접 체험을 할 수 있도록 도와주는 간 큰 그들에게 감사할 따름이다.

일러스트레이터 이다 작가를 포함한 네 명의 작가들이 보내는 뉴스레터 〈일간 매일마감〉에 '공포영화 대신 봐드림'이라는 코너가 있다는 걸 알게 됐을 때의 반가움을 잊지 못한다. "그래요! 틈새시장에 제가 있었답니다!"

라고 소리를 지르며 와락 안기고 싶었다. 대신 봐준다는 것의 기준은 무엇일지, 얼마만큼의 디테일을 담고 있는지 알지 못한 상태였기에, 우선 '공포영화 대신 봐드림'을 본 사람들의 후기를 기다리기로 했다. 너무 실감 나게 써 있어서 마치 영화를 본 것처럼 무섭다는 후기가 하나둘씩 올라왔다.

> 지난주에 〈유전〉 요약 쓰면서 멘탈이 다 털렸다. 내가 이걸 왜 한다고 했을까 후회도 많이 했다. (…) 그때 컵이 자동으로 슉! 움직임. 피터와 스티븐은 놀라고 겁에 질림. (…) 그런 와중에 컵이 자동으로 벽으로 날아가 퍽 하고 산산조각 나고, 양초의 불이 화염처럼 화르르륵! 솟구치며 타올랐다가 순식간에 꺼지고 조용히 다시 켜짐. 힉!●

총 세 편으로 구성된 영화 〈유전〉 연재 중 두 번째 이야기는 컵 묘사로 시작해 곧 영화 속 인물의 목이 떨어지는 장면 묘사로 이어진다. 마치 갓 입수한 시나리오를 중계받는 듯한 와중에, 영화를 직접 보는 대신 '공포영화 대신 봐드림'이라는

● 뉴스레터 〈일간 매일마감〉 69호, '공포영화 대신 봐드림―유전(중)'(2019. 08.12.).

타협안을 선택한 스스로에게 웃음이 났다. 이걸 읽으니 영화를 보지 않아도 되겠다는 안도와 함께 무서운 영화에 대한 공포를 극복하지 않은 채로 계속 살아도 괜찮을 것 같단 생각이 들었다. 실제로 해보면 할 만하다 여겨지는 일들은 이뿐만이 아닐 거다. 물에서 힘을 빼면 수면 위로 몸이 떠오르는 경험을 이제껏 단 한 번도 해본 적 없는 나는 수영을 무서워한다. 간지럼을 워낙 많이 타서 정형외과에서 도수치료를 받는 데도 매번 용기가 필요하다. 이 밖에도 세상에는 무서운 게 정말 많다. 하지만 내가 그것들에 진심으로 공포를 느낀다는 걸 남들에게 설명하는 일은 점점 줄어간다. 그저 '공포영화 대신 봐드림'처럼 수영과 간지럼에도 적합한 대안이 마련되기를 기다려보기로 한다.

나만의 SF 시나리오,
'신작 없는 세계'
#쏟아지는 신작

생의 어떤 시기는 왜 그런 시간을 거쳐야 했는지 끝내 원인을 밝히지 못한 채로 남는다. 그런 시기를 살아내고 나면, 다소 개연성 없는 이야기를 접하더라도 그전보다는 조금 너그러워지곤 한다.

내게는 2012년이 그랬다. 그해에 미국 플로리다 북부 소재의 한 신학교로 1년간 어학연수를 다녀왔다. 영어 공부를 제대로 하고 싶었는데 마침 종교가 있었기 때문이었다. 미국으로 떠나기 전, 내게는 어학연수에 대해 연고처럼 얇지만 꼼꼼하게 펴 바른 선입견이 있었다. 그건 원래 안 그럴 것 같은 사람도 대륙의 호방하고 새로운 기운을 맛보면 부지불식간에 망가지기 쉽다는 것이었다. 그날의 영어 공부가 끝나면 해가 중천에 떠 있을 때부터 술잔을 연거푸 비운다든가, 다음 날의 영어 공부가 끝나면 친구들끼리 모여서 마리화나를 태운다든가. 그런 생활을 반복하다보면 어느덧 집에 돌아갈 날이 가까워지는……. 할리우드 영화를 너무 많이 봤던 것일까? 그토록 해맑게 보수적인 구석이 있었던 2012년의 나는 모든 유혹으로부터 안전할(?) 수 있는 곳을 찾았다. 미국 땅은 너무 넓어서 개개인이 원하는 그 어떤 목적에도 부합하는 도시나 동네가 한군데쯤은 꼭 있기 마련이다.

종교색이 짙은 정도가 아니라 전부였던 그 신학교의 기조는 유해한 가능성이 있는 모든 외부 미디어로부터 재학생을 보호하는 것이었다. 캠퍼스 내에는 무선 인터넷이 연결되지 않았고, 이어폰으로 음악을 듣는 것도 금지였다. 당시 나는 만으로 23세여서 '합법적'으로는 하루 두 시간 정도 남들보다 더 자유로웠다. 만 18세부터 22세 사이에 속하는 주니어 친구들의 기숙사는 별도의 층으로 분리되어 밤 10시면 전체 소등이 되었다. 그래봤자 자정까지 기숙사의 불을 켜둘 수 있을 뿐 할 수 있는 건 아무것도 없었지만.

한없이 느리게 흘러가는 오후의 시간을 견딜 수 없었던 나는 2학기가 시작되던 주간에 우연히 마감이 넉넉한 공모전을 접하고 소설을 쓰기 시작했다. 싸이의 〈강남

스타일〉이 지구를 뒤흔들고 있다는 뉴스를 뒤늦게 접했던 차였다. 캠퍼스에서 만난 친구들은 아무도 〈강남 스타일〉을 입에 올리지 않았다. 나는 전혀 다른 세상을 상상해야만 했다. 그래서 그 당시의 나와는 어떠한 접점도 없어 보이는 이공계 인물을 주인공으로 설정했는데, 과학자가 등장한다는 이유로 내 첫 소설의 장르는 SF로 결정되었다.

이야기는 사람이 화가 나면 '뚜껑이 열린다'는 간단한 설정에서 시작한다. 누군가 분노를 느끼기 시작하면 머리로 열에너지가 모여들고, 임계점을 넘으면 머리에서 미세하게 보글보글 소리('분노 사운드')가 난다. 주인공은 그런 소리를 추출하고 적절히 변환해서 대안 에너지로 쓰는 일을 한다. 분노 사운드는 동물에게서도 추출할 수 있다. 말을 하지 못한다고 해서 그들이 화를 내지 못하는 건 아니니까 말이다. 투철한 사명감을 가진 주인공은 내가 200자 원고지 80매를 채울 때까지 그저 일만 했다. 러브 라인이 생길 틈은 없었다. 그러나 대안 에너지로 위기에 처한 세계를 구하고자 했던 주인공은 결국 그 세계가 지속가능하기 위해서는 사람들의 정서가 계속 불안해야 한다는 모순을 마주한다. 여기까지가 내 첫 소설의 얼개다.

그때의 나는 이야기가 단순히 분노만 표출하는 데 그치지 않기 위해 얼마나 세심한 고민이 필요한지 알지 못했다. 소설 속 주인공은 대안 에너지를 확보해야 한다는 사명을 가지고 있었지만, 이야기 바깥의 나는 어디에도 대안 같은 건 없다고 확신하며 지내고 있었다. 끝이 다가올수록 처음부터 다시 쓰고 싶은 마음뿐이었지만, 마감일에 맞춰 황급히 마무리를 짓고 제출한 후에는 모든 걸 잊어버렸다. 따분한 시간을 보낼 방법으로 나만의 세계를 창조했으나 정작 그 안에 사는 주인공에게는 무책임했다. 그 후로 SF 소설을 읽을 때마다, 다시는 내가 SF 소설을 쓸 일은 없으리라고 확신했다.

그렇지만 여전히 가끔 떠올려보는 시나리오가 있다. 시나리오 이름은 '신작 없는 세계'다. 주인공은 매일매일 봐야 할 콘텐츠를 정리한다. 그는 목록이 눈앞에 없으면 몹시 불안해지는 강박을 가지고 있다. 그러던 어느 날, 더 이상 신작이 발표되지 않는다는 공표를 듣는다. 사람들은 대체로 이를 희소식으로 여긴다. 눈앞의 다양한 선택지에 혼란과 괴로움을 호소하는 인구가 전 세계적으로 너무나도 많았기 때문이다. '어느 것 하나 놓치면 안 된다', '알지 못하면 즉시 도태된다'는 포모증후군FOMO syndrome*을 가벼이 다룬 결과다. 사람들은 체력적인 피로보다 더 큰 결정 피로Decision Fatigue**를 호소한다. 현세대가 죽을 때까지 볼 수 있는 콘텐츠가 30세 이상 성인 기준으로 평균

37,290개 남아 있다는 연구 결과에 따라, 유사 이래 인류가 맞은 위기 중 가장 심각한 재앙이라는 전문가들의 분석이 쏟아진다. 남은 시간을 어떻게 보낼지 또다시 계획을 세우는 주인공. 그의 운명은 과연 어떻게 될 것인가.

더 이상 신작이 나오지 않는 세계에 한번 살아보고 싶은 건 다른 누구도 아닌 나다. 그런 재앙이 실제로 벌어진 세계를 상상해본다. 하지만 곧바로 예상되는 부작용들이 떠오른다. 그럼 어제까지 연재 중이던 작품은 어떻게 되는 건지, 마무리는 독자가 알아서 상상해야 하는지. 창작자들이 어떻게 생계를 꾸릴지도 궁금해진다. 전작이 있는 창작자들은 지금까지 나온 작품들이 역주행해 판매고가 되려 상승해서 어느 정도 생활을 유지하게 될지도 모르지만, 데뷔작이나 입봉작을 준비하고 있던 사람들은 어떻게 되는 걸까? 무엇보다 포모 증후군으로 괴로워하던 사람들은 과연 행복해질까?

어떤 물음에도 도무지 알맞은 답이 떠오르지 않던 중에 재미있는 뉴스를 봤다. 프랑스의 갈리마르 출판사에 책을 내

●   'Fear Of Missing Out'의 줄임말에 증후군*syndrome*을 합성한 용어로, 흐름을 놓쳐 소외되는 것에 불안을 느끼는 증상을 말한다.

●●   너무 많은 선택지 앞에서 느끼는 피로를 일컫는다.

달라는 작가들의 요청이 쇄도해 출판사가 난감해하고 있다는 거였다. 2020년을 기점으로 투고량이 두 배 가까이 증가했는데, 프랑스의 한 언론은 이를 "코로나 봉쇄 기간에 글을 완성한 작가들의 원고가 올해 들어 출판사에 쏟아지고 있기 때문"이라고 분석했다. 출판사는 사려 깊은 공지문으로 대응했다. "작가들께 원고를 그만 보내줄 것을 부탁드린다. 대신 몸조리 잘하고 행복하게 독서하시기 바란다."* 아무래도 '신작 없는 세계'는 SF에서나 가능할 것 같다.

● 임규민, "집콕이 부른 '원고풍년'… 프랑스 출판사들 "글 좀 그만 보내세요!"", 〈조선일보〉, 2021.04.13.

재난 한복판에서의 콘텐츠,
그리고 우리
#코로나 시대의 콘텐츠

1999년에서 새천년으로 넘어가는 카운트다운을 기다리고 있는 초등학생의 나에게, "지금으로부터 약 20년 후에 바이러스가 전 세계를 덮칠 거고 모두가 속수무책으로 지내는 나날이 오래 이어질 거야"라고 말한다면 그 말을 듣는 나는 어떤 반응을 보일까. 실망한 채 풀이 죽을까 아니면 자동차가 하늘을 날아다니는 정도는 아니더라도 첨단 문명이 조금이라도 더 발전한 미래로 가고 싶다고 말할까.

한 기사*에 따르면, 2020년에는 알베르 카뮈의 소설책

● 김은지, "'사회적 거리두기' 확산에 감염병 주제 도서", 〈전남일보〉, 2020. 03.16.

《페스트》가 갑자기 많이 팔렸고 영화 〈컨테이젼〉의 VOD 결제율 역시 급격히 높아졌다고 한다. 전자는 흑사병을, 후자는 이름 모를 전염병을 소재로 한다. 코로나19의 영향으로 한참 전에 나온 두 작품이 다시 인기를 끌었음을 어렵지 않게 짐작할 수 있다. 문화 트렌드를 가늠하는 데이터가 보여주는 건, 적지 않은 수의 사람들이 현실을 가장 실감 나게 반영하는 콘텐츠를 소비한다는 거다. 일본 드라마 〈고독한 미식가〉의 2020 연말 스페셜 에피소드에서 주인공 고로가 일회용 마스크를 착용한 모습도 지금이 어떤 시기인지를 분명하게 보여준다. 조금은 황량해진 도쿄 거리와 식당가의 모습을 담고 있는 이 에피소드에서 고로는 돌연 "힘내고 있는 음식점에 감사!"라고 혼잣말을 하기도 한다.

내 읽기 경험 역시 달라졌다. 파올로 조르다노의 《전염의 시대를 생각한다》, 빌 헤이스의 《별빛이 떠난 거리》, 팡팡의 《우한일기》처럼 재난의 시대를 살아가고 있는 세계 곳곳의 사람들이 엮은 이야기를 부러 찾아 읽었다. 그들의 기록을 통해 바이러스가 퍼지고 있는 로마를, 뉴욕을, 우한을 들여다볼 수 있었다. 이웃, 거리에서 만나는 사람, 자주 들르던 상점의 주인 모두가 온몸으로 혼란을 겪고 있었다. 객관적인 거리를 두고 현장을 기록하는 사람이라고 해서 혼란을 덜어낼 묘책을 찾은 건 아니었다. 2020년부터 세상에 공개되고 있는 재난 서사들은 쓰지 않고는 견딜 수 없었을 사람들의 생존기이기도 하지만, 철저히 기획자의 입장에서 보면 어떤 실행의 결과물이기도 하다. 각자의 자리에서 피부에 와닿는 이야기를 들려주는 사람들, 고전이 될지 모를 이야기를 실시간으로 쓰는 작가들에게 책의 마지막 페이지를 덮을 때마다 조용히 격려를 보냈다.

　　지난한 시간을 통과해나가는 건 작가들만이 아니다. 영국의 싱어송라이터 톰 미쉬는 지난해 'Quarantine Sessions'라는 이름의 시리즈로 자신의 방이나 마당에서 기타를 연주하는 영상을 찍어서 올렸다. 우리말로는 '격리 기간' 정도의 뜻이다. 〈Cranes in the Sky〉라는 곡을 연주하는 영상에서는 마당에 있는 나무의 앙상한 가지 끝에 매달린 꽃인지 열매인지 모를 것들이 바람에 나부끼고 있고, 그는 조악한 의자에 앉아서 세상에서 가장 진지하게 연주를 하고 있다. 미국 공영방송 NPR의 〈Tiny Desk Concert〉는 원래 프로듀서의 책상 주변에 뮤지션의 마이크와 악기, 음향 장비를 모아놓고 진행하는 음악 프로그램이었다. 그들 역시 작년부터 〈Tiny Desk (Home) Concert〉를 만들고 있다. 괄호 안에 '집Home'이라는 단어가 추가된 것이다. 그러나 모든 괄호는 건너뛰고 읽어도 의미가 통하는 법이니까, 가까운 미래에는 언제 그랬냐는 듯 다시 〈Tiny Desk Concert〉로 돌아올 수 있을 것이다.

'세계 피아노의 날'이라는 게 있다는 것도 코로나19 이후 처음 알았다. 1월 1일부터 3월 28일까지는 총 88일이 걸리는데, 피아노 건반이 88개라서 3월 28일이 '세계 피아노의 날'이 되었다. 2020년 3월 28일 오후, 독일의 클래식 음반사 도이치 그라모폰에서 주관하는 유튜브 온라인 스트리밍으로 전 세계 피아니스트들의 연주를 보기로 했다. 총 열 명의 피아니스트들이 3시간 42분 동안 릴레이 연주를 했는데 그중 아이슬란드 피아니스트의 연주가 눈에 띄었다. 잘 관리된 피아노의 윤기, 연주자의 섬섬옥수보다 창문 바깥으로 은은하게 비치는 자연경관이 더 시선을 사로잡은 것이다. 특히 요즘 같은 때는 아름다운 자연경관을 가까이 두고 사는 사람들이 어떤 생각을 하는지 궁금해진다. 목가적인 생활을 하는 사람은 복잡한 고충을 겪지 않을 것만 같고, 눈을 뜨고 감을 때까지 끊임없이 영감을 얻을 것만 같다. 이 또한 오해겠지만.

아무튼 정말 좋은 연주였다. 온라인으로 클래식 공연을 보니 생각지 못한 좋은 점도 있었다. 격식을 덜어낸, 보다 편안한 연주가의 모습을 볼 수 있다는 점이 그랬다. 나는 파자마를 입고 연신 와인잔을 비우며 연주를 들었다. 기침을 참거나, 박수 타이밍을 엿보지 않아도 괜찮았다. 피아노 선율과 어울린다고 조금도 생각해본 적이 없었던 재빠르게 위로 올라가는 유튜브 댓글의 화력도 이색적이었다.

　　바이러스 확진자 발생 뉴스를 처음 본 날부터 지금까지 가장 많이 한 생각은 '과연 우리가 어디까지 왔을까?'였다. 삼분의 이쯤 지나왔나 싶다가도 집단감염과 대유행 등의 뉴스를 접할 때면, 다시 그 시간의 축이 오 분의 일쯤으로 돌아가는 것 같았기 때문이다. GPS만 있으면 현 위치를 파악해서 목적지로 갈 수 있고, 어디까지 걸었다가 돌아올 건지를 자체적으로 정할 수도 있다. 그러나 재난의 타임라인은 아주 길게 뻗어 있는 것 같다. 지금까지 겪어온 시간보다 앞으로 더 많은 시간을 겪어야 할지, 아니면 그 반대일지는 누구도 모른다. 바이러스와 언제까지 함께 살아가야 하는지 '보이지 않는 현 위치'는 꿈도 적성도 모르겠어서 '보이지 않는 미래'만큼이나 우리를 괴롭게 한다. 그럼에도 불구하고 좋은 날을 기다린다. 좋은 날을 위한 카운트다운을 시작해본다.

콘텐츠의 단점을 말하고 싶을 때의 체크리스트

어렸을 때 텔레비전에서 보았던 광고 중 가장 충격적이었던 건 토마토가 나오는 광고였다. 빨간 머리에, 빨간 멜빵 바지를 입은 한 소녀가 "토마토 보기도 싫어요. 음악은 다 좋아해요"라고 말하며 연신 날아오는 토마토를 맞고 있는데, 모 통신사의 로고가 뜬다. 당시 10대였던 나는 구매력을 가진 성인이 과연 그 광고를 보고 휴대폰을 사고 싶을지 아무리 생각해봐도 확신할 수가 없었다.

20대가 되어 또 한 번 토마토와의 조우가 있었다. 영화와 드라마 평을 모아 볼 수 있는 해외 리뷰 사이트 '로튼 토마토Rotten Tomatoes'를 알게 된 것이다. 국내에 아직 개봉하지 않은 기대작에 대한 반응을 가장 먼저 알 수 있는 사이트여서 여러 해 동안 들락거렸다. 이곳에서는 작품이

기자나 평론가 등 업계 전문가에게 긍정적인 평가를 받을수록 빨갛게 잘 익은 토마토가, 부정적인 평가를 받을수록 푸르뎅뎅한 색상의 토마토가 나온다. 그래서 국내 팬들에게 로튼 토마토는 썩은 토마토의 준말인 '썩토'라고 불린다. 내부 기준에 따라 긍정적인 리뷰가 일정량 이상 쌓이면 그 작품은 '공인된 신선한 토마토Certified Fresh' 마크를 부여받기도 하지만, 사람들은 싱싱한 토마토보다 썩은 토마토에 대해 이야기하기를 더 좋아하는 것 같다.

'새롭지 않다', '신선하지 않다'라는 반응은 실망에서 자란다. 소비자는 본질적으로 '기대하는 동물'이지만, 때때로 '기대에 미치지 못하는 기대작'을 만나기 마련이다. 특정 시점에 공개되는 기대작만 소비자를 실망시키는 건 아니다. 정기적으로 업데이트되는 콘텐츠의 신규 에피소드가 더는 기대되지 않는다고 말하는 사람도 있다. 팟캐스트가 좋은 예다. "왜 더 이상 기대되지 않나요?"라고 물으면 다양한 답변이 돌아온다. 그들은 적당한 속도의 말하기가 아니라서, 발음이 또렷하지 않아서, 한 시간을 들을 수 있을 정도로 편안한 톤이 아니라서, 호스트와 게스트의 오디오가 너무 자주 물려서 등등의 기준으로 일종의 기술점수를 매긴다. 어떤 청취자들은 마치 자신이 스포츠 경기의 심사위원이 된 것처럼 기술점수뿐 아니라

예술점수까지 채점하기 시작한다. 그 팟캐스트가 내 마음을 움직일 만한 힘을 가지지 못했다고 말하는 것이다.

스포츠 경기의 심사위원이 된 듯이 어떤 콘텐츠가 가지고 있는 아쉬운 점을 이야기하기란 쉽다. 나도 오랜 기간 쉬운 길을 갔다. 때문에 장단점이 두루 있는 작품을 리뷰하기 시작했을 때, 장점에 초점을 맞춰 말하는 연습이 필요했다. 단점을 말하는 것도 나름의 쓸모는 있다. 하지만 한번 멈춰보는 것도 좋다. 다음은 내가 콘텐츠의 단점을 말하고 싶은 순간에 참고하는 체크리스트다. 곧바로 O·X 중 하나를 고르기는 어려울 수도 있지만, 내겐 꽤 유용한 기준이다.

첫 번째로 가장 중요한 건, 콘텐츠의 맥락(또는 세계관)을 익히는 데 충분히 시간을 썼는지 돌이켜보는 것이다. 나는 첫인상 비평을 되도록 삼가는 편이다. (물론 비평가들은 때때로 대상을 한두 번만 보고 우려되는 사항을 이야기해야 하는 경우도 있다.) 어떤 소설가의 데뷔작에서, 16부작 중 겨우 2부까지 온 드라마에서, 오늘 처음 본 유튜브 영상에서 아쉬운 점이 눈에 보일 때면 우선 말을 아낀다. 기획 의도를 온전히 알아차리는 데는 절대적인 시간이 필요하기 때문이다. 끝까지 보지 않았다면 말을 아끼기. 약간의 시간을 들였을 뿐인데 그런 시간마저 아까웠다고 투덜거리지 않기. 이건 타인과 관계 맺는 법과도 비슷하다. 만든 이의 의도를 이해하기 위해 시간을 쓰는 건, 콘텐츠와 관계 맺고 콘텐츠에서 얻은 에너지를 동력 삼아 일상을 살아가는 소비자들에게 꼭 필요한 덕목이다. 게다가 우리는 만드는 사람들이 세상에 결과물을 내놓기 전까지 무엇을 고려했는지, 얼마나 많은 의사결정이 번복되었는지를 알지 못한다. 언제나 남의 사정은 보이는 것이 전부가 아니라는 것을 기억하자.

두 번째는 '고객이 왕'이라는 마음으로 콘텐츠를 보고 있는 건 아닌지 되돌아보는 것이다. 그런 마음이 불쑥불쑥 생겨날 수 있음을 인정한다. 특히 콘텐츠에 소중한 시간을 투자했을 때는 '고객이 왕'이라는 심리가 더욱 거세게 솟구친다. 그러나 어떤 창작물은 브랜드나 서비스의 충성고객처럼 자신들만의 충성고객을 만날 운명을 가지고 있다. 콘텐츠의 충성고객이란 창작자를 향해 지지와 격려를 보내면서 때로는 창작자와 소비자가 더 오래 함께하기 위해 먼저 쓴소리를 해줄 수도 있는 사람이다. 동시에 그들은 창작자에게 비뚤어진 요구를 하지 않고자 애쓰는 이들이기도 하다.

고객과 충성고객은 창작물을 소비하고, 창작자에게 피드백을 전할 수 있는 사람들이라는 공통점이 있지만 미묘하게 다른 점도 있다. 심너울 작가가 한 칼럼에서 비슷한 문제제기를 했다.* 이 칼럼은 어떤 웹툰을 보고 난 후 댓글난에 '칭찬의 말'과 '최저 별점'을 함께 주는 테러 방식에 대해 짚는다. 일부 독자층이 벌이는 이런 행동의 기저에는 자신이 좋아하는 웹툰이 유료화가 되는 게 싫다는, 이를 두고두고 무료로 소비하려면 경쟁 시스템 내에서 이 웹툰의 정량적인 평가가 낮아야만 한다는 모순이 있다. 그래야 플랫폼이 이 작품을 무료 열람 방식으로 유지할 것이라는 논리다. 창작자의 앞날을 좌지우지할 권리가 자신에게 있다고 여기는 태도에서 나오는 말과 행동은 '고객이 왕'이라는 믿음을 정당화한다. 그러나 어떤 창작물을 가슴에 품고, 창작자의 '열일'을 고대하는 충성고객은 '왕좌'를 넘보지 않는다. 창작자와 콘텐츠 위에 군림하려 들지 않고 이들을 존중한다.

마지막은 이 비판이 해야 하는 일인지, 할 수 있는 일인지, 아니면 그냥 하고 싶은 일인지 가려보는 것이다. 단점을 말하기 전에 세 개의 원으로 이루어진 벤다이어그램을 차분하게 그려볼 필요가 있다. 어떤 창작물에 윤리적인 문제가 있다면, 특히 필요 이상의 공격성·가학성·선정성이 있다면 크게 말해야 한다. 이건 취향의 문제가 아니다. 잘못되었다는 걸 알리려 더 많은 사람의 목소리를 모으기 위해서라도 분명히 단점이라고 말해야 한다. 해야 하는 일에 해당하는 경우다. 문제를 정확하게 포착하고 공론화시키는 데 탁월한 사람도 있다. 할 수 있는 일에 해당하는 경우다. 그러나 그냥 하고 싶어서 하는 경우도 있다. 창작자의 지속가능한 활동을 원하는 마음에서 출발하는 피드백은 도움이 된다. 그게 아니라 단지 '나라면 그렇게 만들지는 않았을 텐데'를 참지 않고 바로 표현해버리는 것은 지양해야 한다. 나는 그걸 '안 한' 사람이고, 창작자는 그걸 '한' 사람이다.

이제 어떤 이야기를 읽을 때면, '이런 (하나 마나 한 소리를 하는) 이야기가 왜 잘 팔리지?'와 '이런 (중요한) 이야기는 왜 팔리지 않지?'라고 질문을 던져본다. 창작자가 전달하려는 메시지에 대한 동의 여부를 떠나서 사람들이 어떤 이야기에 주목하는지, 왜 나는 그것과 결을 달리하는지를 숙고해보는 것이다. 그러다 갑자기 말을 얹고 싶어질 때, 비판과 비난은 구분되어야 한다는 경구를 되새긴다. 콘텐츠 소비자로서 우리가 모든 단점에 눈감아줄 필요는 없지만, 단점을 어떻게 전달할 것인가에 대한 고민은 지속해야 한다. 우리는 모니터 뒤에도 사람이 있다는 걸 아는 사람들이기 때문이다.

● 심너울, "세상에는 별점 테러라는게 있다", 〈한국일보〉, 2021.03.05.

크고 시끄럽게 기념하고 싶은
콘텐츠 기념일

생일을 크게 기념하지 않는 편이다. 나는 한 해의 마지막 달 중에서도 대설大雪에 태어났는데, 24절기를 다 꿰고 있는 고전적 취미를 가진 동생 덕에 매해 생일이 다가올 즈음에는 작년과 올해의 적설량을 비교하는 대화를 짧게 나눈다. 그마저도 기상 이변으로 최근 10여 년간은 생일에 눈이 아예 내리지 않은 해가 더 많았다.

다른 사람들은 종종 한 해의 마지막 달을 그동안 쌓여왔던 오해를 풀거나, 자꾸만 엇갈리는 사람과 밥 한번 먹는 자리를 만드는 용도로 쓰는 것 같다. 그러나 나는 모든 걸 어물쩍 긍정적으로 해석하려는 연말 특수를 좋아하지 않는다. 모종의 이유로 상대와 내가 가지고 있는 마음의 온도가 다르다면 어쩔 수 없는 거다. 가끔 내리는 눈의

포근함에 크리스마스트리의 반짝임을 곁들인 약속 자리에 오랜만에 나갔다가, 돌아오는 내내 인간에 대한 절망감을 느꼈던 날들이 더러 있었다.

생일과 달리, 콘텐츠 관련 기념일들은 각별하게 챙긴다. 가장 먼저 떠오르는 건 잡지의 창간기념일이다. 학교는 개교기념일마다 쉬는데 잡지를 만드는 회사들도 창간기념일에 쉬는 건가 궁금했던 적이 있지만, 아마 그런 일은 없을 것 같다. 창간기념호는 다양한 기획 코너와 구성을 꽉꽉 채워넣어 평소보다 더 두껍게 발행된다. 나는 정신없이 지나간 시간을 돌아보며 올해도 생존했음을 자진 신고하는 '편집장의 말' 같은 걸 즐겨 읽는다. 사양산업에 대한 논의는 나 한 사람이 말을 보태지 않아도 티 나지 않을 정도로 충분히 많은데, 그 와중에도 살아남는 잡지들이 있고 또 새로 생겨나는 잡지들이 있다. 그러니까 '사양'이라는 말로 단칼에 해당 콘텐츠 생태계를 재단해버리는 건 정말 '사양'이다. 주간·격주간·월간 단위로 꾸준히 챙겨 읽지는 못했더라도, 창간기념호를 읽는 건 주기적으로 벅차오를 수 있는 순간을 만드는 일이다.

두 번째는 아이돌의 데뷔일이다. 데뷔해줘서 고맙다는 메시지를 담은 광고가 지하철역이나 복합쇼핑몰의 전광판에 형형색색 빛나는데, 대한민국에는 아이돌이 정말 많기 때문에

(여기에 멤버별 생일 광고를 더해) 365일 내내 전광판의 축하 광고가 꺼지지 않는다. 온라인에서는 팬들이 합을 맞춰 준비한 해시태그로 축하 메시지를 '총공'*한다. 데 뷔일은 한 팀으로 모인 이들이 헤아릴 수 없는 시간을 들여 연습실에서 준비했을 '데뷔 무대라는 콘텐츠'를 세상에 선보인 날이라는 점에서 기념할 만하다. 나는 특정 아이돌의 데뷔일에는 그 팀이 발표한 첫 음반을 찾아서 듣는다. 주로 최신곡으로 향해 있던 레이더를 이 김에 출발점으로 돌려보는 것이다. 그들이 준비한 것을 보여주기 위해 아주 많은 시간을 들였다는 데 집중하는 것이 핵심이다. 넷플릭스 다큐멘터리 〈블랙핑크: 세상을 밝혀라〉에서 블랙핑크 멤버 제니가 비슷한 이야기를 했다. "케이팝을 케이팝답게 만드는 건 연습생으로 지낸 시간인 것 같아요."

끝으로, 팟캐스트의 방영기념일도 빼놓을 수 없다. 예스24가 제작하는 도서 팟캐스트 〈책읽아웃〉의 3주년 기념 방송이 송출되던 날, 나는 같은 팟캐스트를 들어온 청취자의 집에 일시적으로 투숙 중이었다. 청취자 U님은 2019년 겨울의 모꼬지 행사에서 처음 만났다. 꾸준히 방송을 들어왔던 소수정예의 청취자들과 팟캐스트를 만드는 진행자들이 모여 연말의 온기를 나누자는 취지의 행사였다. 행사에 응모한 나는 발표 날 아침이 되자 마치 가고 싶은 회사의 최종면접 결과를 기다리는 것처럼 긴장되었다.

〈책읽아웃〉을 꾸준히 들어왔다는 것은 팟캐스트를 들을 때마다 짧게라도 SNS에 청취 후기를 썼는지로 가늠했다. 물론 세상에는 말없이 개근하는 사람이 있고, 출근도장을 다소 요란하게 찍으면서 개근하는 사람도 있는데 그즈음의 나는 후자였다. 매회 팟캐스트에 소개된 책을 읽어본 소감을 포함해 초대 손님으로 출연한 작가님이 하는 말을 들으면서 드는 생각과 그냥 '뭐가 웃겼다', '뭐가 나를 울렸다' 같은 말들을 각자에게 가장 편한 온라인 공간에 적는 식이었다. 청취자들이 팟빵·오디오클립 등 다양한 팟캐스트 플랫폼에 댓글을 달거나, 블로그·인스타그램·트위터 등에 후기를 올리면 거의 누락되지 않고 제작진에게 '발견'되었다. 〈책읽아웃〉은 다양한 곳에 산재해 있는 청취자들의 댓글을 모아서 읽는 데 매 에피소드의 십 분 내외의 시간을 꾸준히 할애했는데(나는 그 점에 깊이 매료되었다), 이런 특징이 출석률로 행사 참여 인원을 선발하는 걸 가능케 했던 것 같다. 에피소드를 들을 때마다 잘 듣고

●　　온라인상에서 팬들이 집단 활동을 하는 것을 이르는 신조어.

있다고 말하는 건 자발적이긴 해도 분명히 에너지가 드는 일이었기에, 청취자 댓글 코너에서 내 댓글이 읽힐 때마다 소진된 에너지가 재충전되곤 했다. 오프라인에서 내 닉네임이 불릴 모꼬지는 재충전에 큰 방점을 찍는 날이 될 예정이었다.

모꼬지 행사장 여기저기에서 오랫동안 댓글 소개 시간에 들어왔던 여러 닉네임이 들려왔다. 초면이었지만 모두 오래전부터 알고 지내던 사람처럼 느껴졌다. 호의적으로 서로를 대하는 사람들, 나누어 먹는 맛있는 음식, 끝날 줄 모르는 이야기의 조합은 근래 가장 연말다운 분위기를 자아냈다. 초저녁에 만나 쉬지 않고 떠들다가, 숙박시설을 겸한 행사장에서 쪽잠을 자고, 다음 날 첫차를 타고 귀가하는데도 여전히 흥분이 가라앉지 않았다.

그 후로 시간이 훌쩍 흘러 2020년 11월의 어느 날 국내 어딘가로 여행을 가고 싶었던 나는, 그 후로도 종종 안부를 주고받던 청취자 U님이 내가 한 번도 가보지 않은 지역에 거주하고 있다는 단순한 사실에 근거해 그분의 동네를 여행지로 정해버렸다. U님의 집에서 사흘간 머물렀는데, 바로 그 일정 사이에 〈책읽아웃〉 3주년 기념 에피소드가 업로드되는 날도 포함되어 있던 것이다. 집주인이 내려준 커피를 마시며 이미 1년 가까이 지나버린 그날의 기억을 떠올렸다. U님에게 다음 날 아침 5시까지 이어지는 행사는 정말 처음이었다고, 어떻게 하면 사람들이 이 프로그램을 많이 들을지, 어떻게 하면 이 프로그램이 없어지지 않고 영영 계속될 수 있을지에 대해 그렇게까지 열띠게 이야기를 하는 힘은 어디서 나오는 건지 궁금했더라고 말했다. 3주년 기념 방송을 들으며, 우리 두 사람은 또 한 번 지난 3년 동안 이 팟캐스트와 함께하며 달라진 모습들(크고 시끄럽게 떠드는 것이 중요하다는 걸 알게 된 것), 그리고 여전한 구석들(책을 사고 또 사게 되었다는 것)에 관한 대화를 이어갔다.

갈수록 기념하고 축하할 일이 줄어드는 것 같은 때, 생일이 별거냐는 생각이 들 때, 찾아보면 이렇게나 기념할 순간들이 많다는 게 좋다. 어떤 콘텐츠를 좋아하는 사람들은 그 콘텐츠가 일정한 주기로 한 바퀴를 돌 때마다 축하할 거리를 찾아내는 이들이다. 그리고 그날 새벽처럼 이 콘텐츠의 지속가능성을 놓고 함께 노닥거릴 수 있는 이들이다. 상을 타거나 명예를 얻지 않아도 좋다. 새롭지는 않아도 계속 우리 곁에서, 늘 그 자리에서 이야기를 들려주는 것만으로도 충분하다는 걸 우리를 즐겁게 해주는 모든 콘텐츠 창작자들에게 전해주고 싶은 그런 날이 있다.

2부 만드는 사람

적성에 맞는
노동을 찾아서
#내가 '만드는 사람'이 된 계기

후임자에게 인수인계할 때만큼은 지구에서 가장 친절한 사람이 될 자신이 있다. 이직을 자주 하다보면 새로운 회사에 이력서를 넣고, 인터뷰를 하고, 처우를 협의하고, 새로운 곳에 적응하는 데도 에너지가 들지만, 난자리에 문제가 없게끔 인수인계를 마무리하는 데도 그에 상응하는 에너지가 든다.

오래 근무하지 않은 곳에서라도, 나가는 것이 결정되고 나면 늘 내가 해왔던 일들의 덩어리를 마주하게 된다. 덩어리를 마우스 커서로 드래그해서 하나의 폴더에 몰아넣고 웬만한 건 전부 다 그 폴더에 들어 있다고만 말해도 된다. 하지만 후임자가 바로 일을 진행하게 하려면 전임자의 공든 스토리텔링이 곁들여질 필요가 있다.

"아마 이 일을 하다보면 '왜 이렇게 해야 하는 거지?' 라는 생각이 드실 수도 있을 거예요. 사실 관습적으로 하는 부분이긴 해요. 앞으로는 좀 더 중요한 일에 집중하실 수 있도록 이 부분을 꼭 담당 업무에서 털어내실 수 있으면 좋겠네요. 외주로 넘기는 것도 고려해보세요."

"지금은 복잡하고 귀찮아 보여도, 지금 보여드린 게 앞으로 하시게 될 일 중 가장 단순한 일일 겁니다. 2주 정도만 반복하다보면 눈 감고도 할 수 있어요. 몸에 익도록 하는 게 중요합니다."

"이 파일은 제가 그동안 팀장한테 제안했다가 킬 당한 것들을 모아둔 거예요. 팀장은 장점이 많은 사람입니다. 그런데 숫자에 좀 예민한 데가 있어요. 아이디어를 보고받을 때 반드시 숫자를 동반한 근거를 보고 싶어 하는 분이에요. 킬 당한 아이디어들은 그냥 살짝 참고만 해주세요. 만일 이 모든 일을 익히고도 시간이 남으신다면요."

물론 이렇게 정성껏 인수인계하는 데는 '화창한 어느 날 그거 어떻게 하는지 잘 모르겠다고 저한테 전화하시면 안 돼요'라는 속뜻이 있다. 그다음 이유는 내가 해왔던 일의 덩어리를 해체해서 질서를 부여해야 다음에 뭘 해야 할지를 알 수 있다는 데 있다. 콘텐츠도 비슷하다. 틈나는 대로 온갖 것에 노출되고, 마음 가는 대로 보다보니,

지난 시간을 돌아보면 맥락 없는 덩어리만 놓여 있는 경우가 많았다. 기록하지 않으면 늘 뭔가를 본 것 같긴 한데 뭘 봤는지는 모르는 상태가 돼버린다.

첫 회사를 퇴사할 즈음, 많은 일을 한 것 같은데도 마지막 순간이 되니 누군가를 위해 정리해서 넘겨줄 만한 일이 없었다. 적응을 하다 만 신입사원의 일은 그런 것이었다. 출근하지 않은 다음 날부터 점심을 대충 챙겨 먹고 영화관에 가서 연달아 세 편의 영화를 본 후, 달이 뜬 걸 보면서 집으로 돌아오는 생활을 주 3일 정도 반복했다. 고작 2주 만에 극장에 걸린 모든 작품을 다 봐서 더는 볼 영화가 없었다.

그즈음, 내가 극장에 자주 들락거린다는 걸 알게 된 지인들로부터 요즘 무슨 영화가 재미있느냐는 질문을 반복적으로 받기 시작했다. 갑자기 많아진 시간 덕에 사람들을 만나는 자리마다 어떤 영화가 좋고, 싫었는지를 성실하게 고했다. 그러다 문득, 매번 같은 내용을 대답하는 게 조금 비효율적이라는 생각이 들었다. 다음 달이 되면 또 그달의 개봉작이 극장에 걸릴 텐데 그럼 또다시 만나서 이런 얘기를 나누어야 하나 싶은 노파심. 새로운 아이디어가 머리를 스친 건 이때였다. 매월 한 번씩 내가 본 영화들에 대한 감상을 당시 가장 자주 사용했던 SNS인 페이스북에 카드뉴스로 만들어서 올리면 비슷한 질문

세례에서 벗어날 수 있지 않을까?

그렇게 하얀 바탕에 영화 포스터를 넣고 그 바로 아래 한줄평과 별점을 적은 월간 카드뉴스 시리즈를 발행하기 시작했다. 확산성이나 파급력 같은 걸 의도한 건 아니었다. 목적은 하나였다. 당시 페이스북 친구는 높은 확률로 실제로 알고 지내는 지인이었기에, 커피를 마실 일이 생길 때 서로 다른 약속 상대가 같은 질문을 하지 않도록 사전 장치를 만들어둔 것이었다. 지금 생각해보면 왜 그렇게까지 같은 질문을 받는 걸 싫어했는지 모르겠다. 똑같은 질문도 어떻게 대답하느냐에 따라 좋은 대화의 출발점이 될 수 있다는 걸 잘 몰랐던 것 같다.

1년간 매월 1일마다 카드뉴스 시리즈를 발행하면서 무언가를 규칙적이면서도 공개적으로 만드는 작업에서 느껴지는 기쁨이 있다는 걸 알게 됐다. 오로지 지인 기반의 작업이었는데도 불특정 다수의 구독자를 대상으로 서비스를 하고 있다는 감각이 생겼다. 이 일이라면 앞으로도 지치지 않고 계속 할 수 있을 것만 같았다. 8년 전의 영화 별점 카드뉴스 시리즈가 지금 발행하고 있는 뉴스레터의 전신이라는 게 새삼스러운 안도감을 준다. '했던 말 또 하기 싫어!'라는 사소한 동기에서 시작한 일이 여기까지 왔다는 걸 떠올릴 때면, 안도감이 자부심으로 바뀌기도 한다. 그러나 변하지 않는 것도 있다. 지금의 나와 그때의 나는 여전히 콘텐츠 소비자를 만족시켰을 때 얻는 뿌듯함보다 콘텐츠 만드는 사람으로서 느끼는 기쁨이 조금은 더 중요하다. 이 기쁨이 날 '만드는 사람'이게 한다. 이 자리를 빌려, 날 '귀찮게' 한 친구들에게 감사의 마음을 전한다.

뉴스레터를 시작하기 전에
간과했던 두 가지

한국인 100명 중 53명이 완벽주의 성향을 지녔다는 통계를 보았다. 완벽주의 성향을 지닌 사람은 일 처리도 완벽할 거란 기대를 받곤 하지만, 실상 그들은 완벽을 추구하느라 일을 시작도 하지 못한다. 나 역시 '과연 이 뉴스레터를 보내도 되는 걸까'를 오랫동안 질문했다. 기획안 초안에 들숨을 불어넣어 반드시 그것을 실행으로 옮겨야만 하는 순간이 되고, 마침내 창간호의 보내기 버튼을 누르기 직전까지도 아주 많은 것들을 점검했다. 그러나 한 통이라도 보내봐야 알게 되는 것들이 있다. 머지않아 내가 두 가지를 간과했음을 알게 됐다.

먼저 사이드 프로젝트가 메인 프로젝트가 될 수 있다는 가능성을 간과했다. 21세기가 스무 해쯤 지나갈 때

즈음, 주변의 모두가 사이드 프로젝트 얘기를 하고 있었다. 사이드 프로젝트는 월급 받으면서 하는 일인 메인 프로젝트의 반대편에 있다. 사이드 프로젝트를 하는 목적을 거칠게 분류하면, 본업과는 무관한 개인의 관심사를 동력 삼아 시작하는 경우와 정규 근무 시간 외의 시간을 들여 부가 수익을 창출하기 위한 경우가 있다. 양쪽 모두 꾸준히 하다보면 경제적 보상이 생길 수 있지만, 시작하는 시점만 놓고 보자면 수익 발생 유무로 동기가 분류된다고 볼 수 있다. 어느 쪽이든 시간을 많이 쓴다는 점은 공통적이다.

사이드 프로젝트로 시작한 뉴스레터에 이렇다 할 성과가 없고, 실제로 해보니 예상한 것과 다르게 흘러가고, 심지어 계속 망한 것 같은 기분이 드는 것쯤은 아무래도 상관없었다. 그러다 네 번째 레터를 보낼 때 즈음 급작스레 회사를 그만두게 되었다. 그때부터 아침에 눈을 뜨면 온통 뉴스레터 생각뿐이었다. 할 수 있는 일이 그것밖에 없었으니까! 모든 일정이 뉴스레터 마감을 중심으로 정교하게 재편되는데도 "아니, 이건 사이드일 뿐이야"라고 말할 수는 없었다. 요지는 예산의 한도를 정하듯 에너지의 한도를 정해 그 비중을 나눈다고 하더라도, 이 일을 실제로 시작하면 얼마나 많은 에너지를 쏟아붓게 될지는 알 수 없다는 거다.

두 번째로 뉴스레터 이름의 발음과 검색이 쉬워야 한다는 점을 간과했다. 먼저 보내는 사람의 이름 얘기부터 해야 한다. 어렸을 적 상장이나 학습지 수료증에 내 이름이 잘못 출력되어 나오는 건 부지기수였고, 상점 또는 병원을 예약할 때도 "고객님 이름이 나오지 않는 걸 보니 첫 방문이냐"는 소리를 자주 들었다. 그럴 때마다 "제 이름의 '해'는 '여이(ㅖ)' 말고 '아이(ㅐ)'입니다"라는 말을 수도 없이 반복해야 했다. 그리고 세상 모든 일이 그렇듯, 말하는 사람에게는 한 번 헷갈리고 말 뿐인 일이 그 이야기를 듣는 누군가에게는 수십 번, 수백 번 반복된다는 것이 문제다. 이는 당연히 한국인만의 문제는 아니다. 팀 버튼Tim Burton 감독 이름에는 단추button가 들어 있지 않고, 영화 〈엑스맨〉 시리즈에서 CIA 요원으로 분하는 배우 로즈 번Rose Byrne의 이름은 타오르고burn 있지 않은 것처럼 말이다. (물론 그들이 실제로 얼마나 자신의 이름을 정정해주면서 살고 있는지 나는 모른다.)

뉴스레터 이름은 어떨까? 대면 대화나 유선상으로 뉴스레터 이름을 말하게 될 일이 생길까? 그보다는 온라인에서 검색되는 경우가 더 보편적이지 않을까? 이처럼 안일하게 결론을 지어버린 나는, 뉴스레터 이름이 실제로 어떻게 발음되는지는 크게 중요하지 않다고 여겼다. 그 결과, 내 이름의 초성을 딴 '#ㅎ_ㅇ'이 뉴스레터 이름이 되었다. 이후 '#ㅎ_ㅇ'이 한 단행본에 언급된 적이 있는데, 어느 날 그 단행본이 오디오북으로 제작되는 과정에서 담당 에디터로부터 연락을 받았다. 그 메시지는 "안녕하세요. 곧 녹음을 앞두고 연락드립니다. 뉴스레터 제목을 어떻게 읽어야 할지 도저히 모르겠습니다"라는 말로 시작되었다.

뉴스레터 이름을 바꿀 때가 되었다는 생각이 들었다. 어떻게 읽으면 좋을지의 문제를 포함해, 아무도 온라인에서 검색할 수 없도록 작정한 것 같은 이름으로 보이기 때문이기도 했다. 이렇게 된 김에 외신 보도 같은 것도 고려해봐야 했다. 사람 일이 어떻게 될지는 모르는 거니까. 여기까지가 뉴스레터를 보내기 시작한 지 2년이 다 되어서야 '콘텐츠 로그 contents log'로 이름을 변경하게 되었다는 이야기다. 이름을 잘 짓는 것은 중요하다. 그렇다고 완벽한 이름을 찾지 못했기 때문에 하고 싶은 일을 밑도 끝도 없이 미루지는 말아야 한다.

전단지
VS 뉴스레터
#콘텐츠를 담는 그릇 고르기

같이 일하던 개발자의 퇴사가 결정되어 송별회에 참석한 날이었다. 꼭 필요한 업무상의 소통 말고는 개인적인 이야기를 나눠본 적이 없는 분이어서 멀찍이 앉았다. 그러다 한차례 장소를 옮기면서 자연스레 그분과 같은 테이블에 앉게 되었는데, "뉴스레터 잘 보고 있습니다"라는 인사말이 들려왔다.

뉴스레터를 발행하기 시작한 후, 이를 이력서에 표기해왔다. 덕분에 두 곳의 회사에서 뉴스레터를 기획하고 운영했던 적도 있다. 그러나 같이 일하는 사람들과 내 뉴스레터를 주제로 대화한 적은 없었다. 그러니 그분의 인사에 짐짓 놀랄 수밖에 없었다. (정도의 차이는 있더라도) 직원으로서 사측의 큰 비전은 공유하고 있었지만, 희

노애락까지 공유해왔다기엔 어쩐지 거리감이 느껴졌던 그분께 용기를 내서 물었다.

"개발자로서 구독자를 대표해 총평을 해주신다면요?"

"정말 기술의 힘을 빌리지 않고 사람이 다 했더라고요? 개인 블로그나 홈페이지라기보다는 미디어를 주제로 한 플랫폼을 지향하는 듯하지만, 그렇다고 너무 각 잡힌 건 싫고, 최소한의 인간미를 보여주고 싶어 하고. '본문에 들어갈 내용을 정말 하나하나 모았구나, 수고가 많으시구나!'라는 느낌으로 받아보고 있어요."

정확한 분석이었다. 그 말에는 내가 한 통의 뉴스레터를 보내기 위해 들이는 온갖 노력, 그 모든 것들이 모여서 만들어낼지 모를 언젠가의 큰 그림, 그리고 보완해야 할 부분과 한계점까지 모두 들어 있었다. 기껏해야 더 잘 읽히도록 가독성을 높일 방법이나, 완독에 부담 없는 본문의 길이, 또는 서체의 색상을 회색에서 더 짙은 회색으로 바꾸는 정도만 신경 쓰던 내게 경종을 울리는 말이었다. 뉴스레터 내용이 읽어볼 만하냐는 뉘앙스로 총평을 요청했는데, 내용을 담고 있는 그릇에 대한 답변이 돌아온 것이다.

지하철 출구를 빠져나올 때마다 기다렸다는 듯 혹은 조심스럽게 전단지가 건네진다. 웬만하면 모든 전단지를 모른

척하지 않고 받아두는 편이다. 버릴 것을 알면서도 받는다. 문제는 그 안에 담긴 음식점과 카페, 요가와 필라테스 센터, 영어와 자격증 학원 등의 모객 메시지에 내가 전혀 설득되지 않는다는 것이다. 하지만 여전히 수백·수천 장의 전단지가 배포되는 걸 보면, 광고 효율이 낮긴 해도 필요한 사람에게 그 메시지가 닿고 있다는 의미인 것 같다. 누군가는 지금도 그 전단지를 보고 문의를 넣는다는 것일 테니 말이다.

'왜 뉴스레터를 선택했나요'라는 질문을 받을 때마다 전단지를 떠올리고는 한다. 전하고 싶은 메시지를 널리 알리는 데 전단지보다 뉴스레터가 낫다는 확신은 어떻게 생겨난 건지 생각해보는 것이다. 왜 블로그가 아닌가? 왜 인스타그램이 아닌가? 왜 하필 뉴스레터란 말인가?

콘텐츠의 질적인 완성도가 높아질수록, 독자가 만드는 사람이 들이는 노력의 정도를 알아차리기는 오히려 어렵다. 꾸준히 같은 콘텐츠를 보아왔던 독자의 기대치는 이미 어느 정도 상향된 상태일 테니 말이다. 슬픈 딜레마다. 그러나 만드는 사람 모두가 콘텐츠의 질적 임계점을 돌파하고 최고를 만드는 데만 집중할 수는 없다. 콘텐츠의 꼴을 어느 정도 갖추었다면, 이제는 그것을 잘 전달할 방법에 집중해야 하는 순간이 온다. 어쨌거나, 뉴스레터가 콘텐츠를 담는 최적의 그릇이라는 근거는 없다는 게 결론이다. 만일 내가 몇백 년 전에 태어났다면, 먹을 갈아서 매주 대자보를 써 유동 인구가 많은 거리에 붙여두었을 수도 있다. 내용물을 어떤 그릇에 담아서 내놓을지 결정하는 데도 내가 어떤 시대에 태어나서 살아가고 있는가를 비롯한 많은 우연이 작용하는 것이다. 아무튼, 뉴스레터가 내가 선택한 그릇이기에 잘 준비해서 사람들에게 내어놓는 것뿐. 할 수 있는 일은 그것뿐이다.

메일 주소
작명 연대기

처음 메일 주소를 만들 때는 내가 커서 뉴스레터 발행인이 될 거라고는 짐작도 하지 못했다. 야후·라이코스·다음 같은 포털사이트를 차례로 알게 된 10대 초반을 지나, 학교 컴퓨터실에 앉아 메일 주소 만드는 법을 배우며 10대 중반을 맞이했다. 철자가 너무 어렵지 않으며, 내가 절대 잊어버리지 않고 기억할 수 있을 만한 단어를 골뱅이 앞까지의 공란에 채워 넣어야 하는 미션이 주어진 것이다.

　'love', 'forever', 하다못해 'zzang'이라는 단어를 넣어 메일 계정을 만드는 친구들도 있었다. 하지만 당시 몇몇 또래 집단 사이에는 메일 주소 작명에 불문율이 있었는데, 그건 어떤 가수의 팬이라는 정체성을 드러내는 거였다. 좋아하는 아이돌의 팀명이나 멤버 이름 일부를 넣고, 그들의 생년월일이나 데뷔일 숫자를 조합하는 식이었다. 그렇게 나의 첫 메일 주소에는 'wan'이라는 단어와 '79'라는 숫자가 들어갔다. 당시 인기리에 활동 중이던 어느 아이돌 오빠 본명의 한 음절과 출생연도를 조합한 것이었다.

어릴 때 메일 주소를 만든 사람은 성인이 되어 가벼운 해명을 해야 하는 상황을 맞이하기도 한다. 두 작가가 30통에 가깝게 주고받은 편지를 엮은 책 《우리 사이엔 오해가 있다》에서, 2021년 1월 17일의 이슬아 작가가 남궁인 작가에게 보낸 편지는 다음과 같은 단락으로 마무리된다.

메일을 전송하려고 보니 선생님의 이메일 주소가 새삼 눈에 들어오는군요. 아이디가 insiders라니. 제가 생각하는 그 '인싸'가 맞나요? 선생님이 학창 시절부터 반장과 회장을 연임하셨고 여러모로 품이 넓은 내부자였다는 것은 대충 알고 있지만, 아무리 그래도 아이디를 insiders라고 쓸 정도로…… 인싸였습니까?*

* 이슬아·남궁인, 《우리 사이엔 오해가 있다》, 문학동네, 61~62쪽.

이슬아 작가는 'insiders'에 자신이 모르는 의미가 있으면 꼭 알려달라는 말도 덧붙였다. 다행스럽게도 남궁인 작가의 메일 주소가 가진 참뜻은 답장을 통해 알 수 있었다. 다시 내 이야기로 돌아오면, 아이돌 오빠에게 응원봉을 흔들던 사람은 어느덧 성인이 되어 사회생활을 하며 새로운 메일 주소를 갖게 됐다. 첫 출근일에는 새로운 메일 계정을 만드는데, 거기에는 대개 영문 이름을 넣는다. 골뱅이 뒤로는 회사 이름이 들어간다. 간혹 업무용 메일로 지메일Gmail을 쓰는 회사도 있지만, 대개 사명이 있는 메일을 별도로 생성해준다.

팬의 정체성을 드러내는 메일과 소속을 밝히는 메일을 차례로 거쳐온 나는, 최근 도메인을 구입해서 새로운 메일 주소를 만들었다. 이 메일 주소로 수천 명의 구독자에게 메일을 보낸다. 새로운 주소(10days@contentslog.com)에는 10일에 한 번씩(10days) 콘텐츠에 관한 이야기를 들려주겠다는(@contentslog.com) 뜻을 담았다. 어렸을 때부터 사용하던 주소를 계속 써도 무방했지만, 별도의 메일 주소를 쓰고 싶었다. 새 술은 새 부대에 담는 마음이었달까?

"이 편지는 영국에서 시작되었으며"라는 문장으로 시작하고, 이 내용 그대로 최대한 많은 사람에게 퍼트리지 않는다면 곧 저주받을 것이라고 마무리되는 편지를 영미권에서는 'chain mail'이라고 부른다. 우리말로는 '행운의 편지'라 불리는데, 본문은 조금씩 다르지만 처음과 끝은 늘 같다. 그게 정확히 영국의 어느 곳에서 왔는지 아는 사람은 우리 중 아무도 없고, 주소를 모르니 답장을 쓸 수도 없다.

최초로 행운의 편지를 쓴 사람에게는 자신이 어떤 사람인지 알리는 게 그리 중요한 문제가 아니었던 것 같다. 그러나 메일 주소는 나의 또 다른 이름이며, 내가 누구인지 보여줄 수 있는 단서가 된다. 집 주소처럼 물리적인 위치를 갖지는 않지만, 내가 언제 어떠한 일을 하는 사람인지를 분명하게 드러내 보인다.

샐리 루니의 소설 《노멀 피플》은 주인공 코넬과 매리언이 다니는 아일랜드의 소도시 슬라이고의 한 고등학교를 배경으로 한다. 그들은 성인이 되어 더블린에서, 이탈리아에서, 스웨덴에서 연인이었다가 연인이 아니기를 반복하는 사이다. 현대를 시대적 배경으로 하는 작품인 만큼 그들은 페이스북을 들여다보고, 스카이프에 접속하고, 메일을 주고받으며 하루하루를 보낸다.

BBC에서 드라마화된 〈노멀 피플〉에는 이런 장면이 있다. 작가 지망생인 코넬이 "귀하의 메일은 잘 받아보았습니다. 그러나 유감스럽게도……"로 시작하는 메일을 혼자 열어보며 절망하는 장면, 그리고 뉴욕대학교의 창의적 글쓰기 수업 과정에 합격했다는 메일을 매리언 앞에서 열어보며 기쁜 기색을 숨기지 못하는 장면. 원작 소설에는 없던 장면이다. 코넬에게 메일이 어떤 의미일까 생각해보았다. 그에겐 거취를 옮겨야 하는 주요한 의사결정뿐만 아니라 시시콜콜하거나 중요한 안부 모두 메일을 통해 전해진다. 메일에 한 사람의 공과 사가 모두 집대성되어 있다고 할 수 있는 것이다.

전체 이야기에서 메일이 단 한 번 등장하는데도 존재감을 발하는 경우는 박서련 소설 《더 셜리 클럽》에서 볼 수 있다. 호주에 워킹 홀리데이를 간 설희는 발음이 비슷하다는 이유로 '셜리'라는 영어 이름을 갖게 되는데, 이름 덕을 보아서 '더 셜리 클럽'의 임시 명예 회원이 된다. 회원 모두가 '셜리'인 클럽의 최연소 회원인 설희는 '리틀 셜리'라는 닉네임으로 불린다. 타지 생활을 하다 보면 보이는 손, 보이지 않는 손을 가리지 않고 도움을 구해야 하는 순간을 맞이하기 마련이다. 모종의 이유로 많은 사람의 도움이 필요해진 설희는, 언젠가 대화한 셜리 해먼드 할머니에게 메일을 보내 자초지종을 설명한다. 머지않아 돌아온 답장에는 설희의 메일이 도시 내 셜리 클럽의 모든 회원에게 전달되었다는 내용이 담겨 있다. 그 시각, 다른 도시에 거주하는 셜리들에게도 소식이 알려지고 있음은 물론이다.

한 사람에게 보낸 메일이 수많은 사람에게 전달되었다는 답신을 읽으며 안도했을 설희의 얼굴을 떠올려본다. 여기서 메일은 생각도 하지 못했던 연대의 출발점이 된다. 가장 사적인 이야기가 더 이상 사적이지만은 않은 이야기로 널리널리 퍼져나간다.

이쯤 되면, 메일을 주고받는 일에 조금 멋쩍더라도 의미 부여를 하고 싶다. 메일 주소를 가지고 있는 누구라도 자신의 이야기를 시작할 수 있다. 메시지를 담아 보내기 버튼을 누를 때마다, 그리고 받은편지함에 도착한 메일을 열어볼 때마다 각자의 이야기가 시작된다.

누군가에게 메일이라는 건, 휴지통에 버려야 할 스팸메일 그 이상도 이하도 아닐지 모른다. 휴가를 끝내고 복귀한 첫날, 종일 밀린 메일에 답신만 해야 했던 이는 더 이상 메일함을 쳐다보고 싶지 않을지도 모른다. 한편 받기 직전까지는 안달이 나지만, 미리보기로 첫 두 줄을 읽으면 마음이 녹기 시작하는 러브레터를 기다리는 이도 있을 것이다.

메일을 보내는 사람으로서, 내 메일이 귀찮은 스팸메일도 한껏 끈적이는 러브레터도 아니었으면 좋겠다는 바람이 있다. 할 수만 있다면 그 중간 어디쯤이면 좋겠다. 코넬과 셜리를 보며, 한 사람을 위한 것일 수도 헤아릴 수 없이 많은 사람을 위한 것일 수도 있는 메일을 쓰고 보내는 일이 가진 힘에 대해 떠올린다.

'로그'를 선택한 이유

#고정 코너 1.
'지난 10일 동안의 콘텐츠 로그'*

영수증은 그 사람이 누구인지 보여준다. 영수증이 선택의 모음이기 때문이다. 어떤 음식을 먹는가부터 어떤 친구를 곁에 두는가까지, 한 사람의 선택이 모이면 그 사람이 누구인지 알수 있다는 말에 동의하는 편이다. 영수증에는 내가 구매한 모든 제품의 목록이 담겨 있다. 간혹 제품명이 길어서 손바닥의 절반만 한 종이에 알아볼 수 없을 만큼 구매 내역이 가득 차기도 하고, 점원이 의향을 묻기도 전에 재빠르게 "영수증은 버려

* 마지막 페이지까지 읽은 책과 잡지, 모든 트랙리스트를 들은 앨범, 엔딩 크레딧까지 본 영화, 한 시즌을 끝낸 드라마, 끝까지 본 영상, 끝까지 들은 팟캐스트 등을 '콘텐츠 로그'의 형태로 기록하는 코너.

주세요"라고 말할 수도 있지만, 눈에 보이지 않거나 따로 확인하지 않는다 해서 구매 내역이 없어지는 건 아니다.

여행지에서 건네받은 자잘한 영수증을 한 장도 빠뜨리지 않고 모으던 때가 있었다. 노트에 행과 열을 맞춰 부착해두면 수년 후 잉크가 날아가는 줄도 모르고 모았다. 영수증이 사진보다 추억을 불러오는 데 더 효과적이라 생각해서였다. 물론 사진도 중요한 역할을 하지만, 아무래도 추후 편집 과정을 허용하지 않는 영수증 고유의 속성에 더 마음이 갔던 것 같다. 그런 애착은 영수증 같은 콘텐츠를 만들고 싶다는 마음으로 이어졌다. 내 뉴스레터는 크게 네 가지 코너로 구성되어 있다.

- 지난 10일 동안의 콘텐츠 로그
- 지난 10일 동안 가장 좋았던 것들
- 지난 10일 동안의 알라딘 보관함 로그
- 다음 10일 동안 기다려지는 것들

가장 먼저 등장하는 코너는 '지난 10일 동안의 콘텐츠 로그'다. 말 그대로 지난 10일 동안 내가 본 모든 콘텐츠가 기록되어 있다. 장르와 포맷을 가리지 않고 콘텐츠의 제목을 작성한 뒤에는, 그 콘텐츠를 바로 구매할 수 있거나 세부 내용을 더 살펴볼 수 있는 링크*를 연결해둔다.

10일 동안 시간순으로 본 것들을 적은 첫 코너에는 콘텐츠를 소비한 사람으로서의 어떠한 입장도, 평가도 담지 않는다. '8월 29일에 a를 봤다, 8월 30일에 b를 들었다, 8월 31일에 c를 읽었다'라는 식으로 일자와 콘텐츠 이름을 담은 형식만 되풀이한다. 방과 후 깜지를 쓴다는 마음으로 '지난주에는 뭘 또 이렇게 많이 보았니' 하며 목록을 하나하나 써 내려간다. 그 모든 것들이 모이면 나와 구독자들이 하나의 덩어리로 합의한 시간 단위인 '지난 10일 동안의 나'가 어떻게 살았는지가 자연스레 드러난다.

'로그log'라는 단어는 여기저기서 등장한다. 가장 익숙한 건 일상을 카메라에 담은 '브이로그' 영상이다. "매일매일 자기가 뭘 하는지 왜 찍어?", "매일매일 누가 뭘 하는지를 왜 봐?"라는 질문을 던지던 사람들도 어느덧 묘하게 보는 맛이 있다며 브이로그를 정기적으로 시청하곤 한다. 에세이나 소설을 읽다가도 이 단어를 마주할 때가 있다. 《나의 사유 재산》을

● 책의 목차나 미리보기를 볼 수 있는 온라인 서점, 영화·드라마를 감상할 수 있는 OTT 페이지, 영상을 볼 수 있는 유튜브 페이지, 팟캐스트 에피소드를 들을 수 있는 페이지, 음악을 들을 수 있는 음원사이트 등.

쓴 메리 루플은 종이 위에 날짜를 적고 한 달간 자신이 울었던 날은 C(cried)로, 울지 않았던 날은 NC(not cried)로 표기하여 '슬픔의 로그'를 채워나갔다. 인간 생활의 편의를 위한 가정용 로봇이 등장하는 윤이형 작가의 단편 〈수아〉에는 "그렇게 똑똑한 로봇이 집안에 처박혀 '허드렛일 로그'로만 자신을 채우면서 썩고 있는 것이 안타까웠다"* 라는 구절도 있다. 우리가 사용하는 수많은 서비스를 제공하는 IT회사에서는 고객이 버튼을 클릭하고, 스크롤을 움직이는 것 등을 정보화한 '로그 데이터'를 분석해서, 어떻게 서비스를 개선할지에 관한 의사결정을 한다.

인간 생활의 삼대 요소인 의식주에 콘텐츠를 더해 '의식주콘'이 사대 요소라 주장하는 나는, 의생활·식생활·주생활을 제외한 나머지 영역인 '콘텐츠 생활'을 구독자에게 보여주기로 했다. 어느 누구도 타인에게 자신의 전부를 보여줄 수는 없다. 전부를 보여주려고 의도했더라도 전달 과정에서 누락되는 게 생긴다. 그러나 내 콘텐츠 생활만큼은 왜곡이나 과장 없이 있는 그대로 전달하고 싶었다. 그것이 내가 다른 기록 방식에 우선하여 '로그'를 선택한 이유다.

구독자 입장에서는 '적극적으로 읽기'와 '보통의 읽기'가 모두 가능하다. 적극적으로 읽으려면 그 속에 숨어 있는 흐름을 찾으면 된다. 나는 이 코너에서 지난 10일 동안 무엇에 가장 주의를 기울였는지 말하지 않는다. 이를테면 나는 영화를 본 후 음원사이트에 가서 OST를 찾아 듣고, 그 영화를 리뷰한 팟캐스트의 에피소드를 들으며, 주연 배우나 감독의 인터뷰를 유튜브에서 찾아본다. 이는 영화 한 편을 본 시점으로부터 짧게는 하루 내에, 길게는 며칠간에 걸쳐 일어나는 일련의 콘텐츠 소비 궤적이다. 그러나 콘텐츠 로그에는 내가 본 모든 콘텐츠가 시간순으로 기록되어 있기 때문에, 실제로 내가 특정 영화와 연관된 콘텐츠에 시간과 마음을 얼마나 투자했는지 한눈에 알기는 어렵다. 원하는 사람만 그 흐름을 찾아서 읽으면 된다. 이 경우, 영수증이 구매자가 어떤 사람인지 알려주는 것처럼, 콘텐츠 로그는 나라는 콘텐츠 소비자가 어떤 사람인지를 드러내 보인다.

한편 보통의 읽기는 한 편의 콘텐츠 로그에 담기는 평균 40여 개의 콘텐츠 목록을 가벼운 모니터링 용도로 쓰는 것이다. 발행인인 나를 '요즘 애들'로 보는 사람은 "요즘 애들은 이런 걸 보는구나"라고 할 수 있고, 바쁘고 여유 없는 사람은

●   윤이형, 《작은마음동호회》, 문학동네, 2019, 308쪽.

"어찌 됐건 주말에는 이 리스트 중에서 하나를 골라 킬링 타임용으로 쓰면 되겠구나"라고 할 수도 있다. 어느 쪽이든 첫 번째 코너는 구독자에게 정독을 요구하지 않는다. 구독자가 알맞은 용도로 활용할 수 있는 자율권을 주고 싶었다. 내 경우에는 적극적 읽기 방법을 적용해 이 코너를 활용한다. 무질서하게 지나쳐온 자취 속에서도 특정한 패턴을 발견할 수 있기 때문이다. 즉 내가 알게 모르게 어떤 화두에 관심이 있었는지, 그로 인해 어떤 콘텐츠를 찾아봤는지를 사후적으로 알 수 있는 것이다. 아무튼, 한 번 보낼 때마다 평균 약 40개가량의 콘텐츠 제목을 나열하는 첫 코너는 하이퍼링크의 보고다. 먼저 제목을 나열하고 각각의 제목을 클릭하면 바로 관련 정보를 볼 수 있는 외부 링크를 연결해두는 작업을 하면, 비로소 첫 번째 코너가 완성된다.

사실 첫 번째 코너를 소개하기 전에 먼저 언급해야 할 내용이 있다. 구독자들이 뉴스레터 〈콘텐츠 로그〉를 클릭하면 제일 처음 보게 되는 메인 일러스트 얘기다. 2021년 초, 평소 일러스트를 즐겨 보아왔던 엄주 EOM JU 작가님께 메인 일러스트 작업을 의뢰했다. 이전에도 회사에서 디자이너와 협업한 적이 있었지만, 오리지널 디자인 콘텐츠를 직접 기획해서 의뢰하기는 처음이었다. 의뢰서에 작업 비용과 기한 등은 똑 부러지게 기재해두었다. 하지만 의뢰 내용은 내가 매번 뉴스레터를 마감하면서 하는 온갖 고민과 두루뭉술한 이미지 모음에 가까웠다. 결국 '명사'보다는 '동사' 느낌이 나는 일러스트면 좋겠다는 생각을 모호하게 전달할 수밖에 없었다. "피톤치드가 나오는 숲이 아니라 하이퍼링크로 가득한 숲 같은 거요!"라고 말하면서도 어쩐지 내 쪽에서 미진한 커뮤니케이션을 하고 있는 게 아닌가 싶었다. 조금이라도 느낌이 잘 전해질 수 있도록 뉴스레터 구성과 더불어 왜 그런 이미지를 떠올렸는지까지 최대한 자세하게 전달했다.

곧 두 가지 시안이 도착했다. 하나는 정보의 바다를 항해하는 선장 캐릭터였다. 여성 선장이 진두지휘하는 모습에서 뿜어 나오는 에너지는 좋았지만, 우리가 정보의 '바다'와 콘텐츠의 '홍수' 속에 있다는 관습적 이미지로부터 자유로워지고 싶어서 보류해두었다. 또 다른 하나는 작업대에 앉아 돋보기를 들고서 해시태그를 들여다보는 사람의 모습이었다. 여기저기 널브러져 있는 해시태그가 내 주변과 같았고, 돋보기가 세 개라 눈도 세 개인 것처럼 보이는 점도 내 자화상 같아 마음에 들었다. 결국 두 번째 시안이 최종 확정되었다. 공개 후, 구독자들의 좋은 반응도 뒤따랐다. 구독자들도 이 일러스트가 뉴

© EOM JU

스레터의 성격을 잘 담아내고 있다고 느낀 것 같았다. 무엇보다 이 일러스트를 바라볼 때마다, 만드는 사람으로서의 내 정체성을 선명하게 다질 수 있어서 좋았다. 일러스트 말고도 텍스트가 아닌 영역에서 활약하는 전문가들과 진행할 수 있는 또 다른 협업이 있을지 늘 궁리 중이다.

좋은 콘텐츠가
더 많은 사람에게 흘러가도록
#고정 코너 2. '지난 10일 동안
가장 좋았던 것들'*

도대체 좋은 콘텐츠란 무엇일까? 인터뷰 질문으로 받아본 적도 있고, 대화 상대에게 그게 무엇인지 답을 찾을 때까지 집에 가지 말자고 해봤던 적도 있다. 하지만 두 사람만 합의를 보았다고 해서 좋은 콘텐츠를 정의할 수 있는 건 아니다. '안정적인 직업'이란 말을 떠올려보자. 이 단어는 우리 사회가 합의한 '안정적'의 의미가 무엇인지, 그리고 어디서부터 어디까지를 '직업'이라고 볼 것인지에 따라 의미가 달라진다. 내 머릿속의 그림과 상대 머릿속의 그림이 어느 정도 비슷한 윤곽을 가진다면 이는 사회적으로 약속된 것일 테다. 더 많은 사람의 머릿속에 같은 그림이 있을수록 대화는 수월해진다. '좋은 콘텐츠'도 마찬가지다. 한마디로 정의하기 어렵고, 이미 내린 정의라고 해도 거듭해서 바뀔 여지가 있다는 건 그것이 사회적으로 합의를 거쳐야 하는 단어임을 의미한다.

그런 의미에서 공개되지 않는 콘텐츠에는 '좋은 콘텐츠'라는 기준점을 적용하기 어렵다. 아티스트의 공간으로 줄곧 상상되어온 골방이 아니더라도, 요즘은 노트북과 스마트폰만 있으면 누구나 어디서든 떠오르는 것을 눈에 보이는 형태로 구체화시킬 수 있는 시대다. 그런데 번화가 사거리의 빈자리가 없는 카페에서 사람들에 둘러싸여 뭔가를 끙끙거리며 만든 사람이 이를 끝내 공개하지 않는 경우가 종종 있다. 주변을 둘러보면 '인적이 하나도 드물지 않은 골방', 즉 번화가의 카페에 앉아서 무언가를 만들기만 하는 사람들이 적지 않다. 연일 언급되는 논쟁거리가 되든, 공개되자마자 묻혀버릴 정도의 사소한 존재감이든, 일단 콘텐츠를 만들었으면 사람들이 함께 보아야 한다.

나는 유료든 무료든 대중을 대상으로 공개되어 있고, 물리적으로 접근 가능한 콘텐츠들을 주로 소비한다. 그중 현재

●　'지난 10일 동안의 콘텐츠 로그' 목록 중 10일마다 매번 높고 치열한 경쟁을 뚫고 선정된 콘텐츠 두 가지를 소개하는 코너.

시점에서 스스로 정의 내린 '좋은 콘텐츠'를 한 번 더 선별하는 단계를 거친다. 전체 대중과 합의를 이룰 수는 없는 일이므로, 구독자들과 내가 어느 정도 합의를 이룰 만한 '좋은 콘텐츠'를 찾는다.

이렇게 탄생한 뉴스레터의 두 번째 코너가 '지난 10일 동안 가장 좋았던 것들'이다. 직전 코너인 '지난 10일 동안의 콘텐츠 로그'에서 언급된 콘텐츠들은 일단 자동으로 두 번째 코너의 후보군에 오른다. 그리고 길게는 10일 전, 짧게는 발행일을 기점으로 하루 전에 보았던 것 중에서 가장 좋았던 두 가지를 골라서 소개한다.

10일은 터무니없이 짧은 시간이다. 그새 콘텐츠가 어느 정도 내 것으로 소화되어 다른 사람들에게 소개하기 알맞은 언어로 솟아나는 경우도 있지만, 정확히 무엇 때문에 마음에 들었는지 스스로 충분히 알지 못한 채로 이야기를 하게 되는 경우도 있다. 후자의 경우는 발효 식품으로 가득 찬 곳간에 서서 "빨리 익어! 익으란 말이야! 내가 바쁘니까 당장 익어버려!"라고 소리치는 상황과도 같다. 평균 40여 개의 콘텐츠 중 단 두 가지를 고르는 것이어서, 두 번째 코너에서 소개되는 콘텐츠가 뚫어야 할 경쟁률은 극단적으로는 20:1이 되기도 한다. 3~4위권의 콘텐츠들도 함께 소개하고 싶어질 때가 있지만 그렇다고 분량을 늘이지는 않는다. 하지 않기로 한 것이기 때문이다.

이런 대화를 떠올려보자. "요즘 a도 좋고, b도 좋고 (한 시간 경과⋯) h도 좋은데, (또다시 한 시간 경과⋯) 아니 근데 나는 네가 인간적으로 x, y, z도 봤으면 좋겠어. 진짜 좋아서 그래"라고 이야기를 쏟아냈다면, 상대의 머릿속에는 무엇이 남을까? 일방적으로 당했다는 기분과 함께, 앞으로 당신에게 어떠한 추천도 부탁하지 않을 것이다.

한동안 다인원 아이돌을 데뷔시키는 기획사 사장의 미소 짓는 사진에 "이 중에 네 취향이 하나쯤은 있겠지"라는 자막을 입힌 밈meme이 돌아다닌 적이 있다. 그중에는 이마를 훤히 드러낸 멤버도 있고('깐머'), 앞머리를 가린 멤버도 있으며('덮머'), 케이팝을 씹어먹겠다는 듯 매서운 눈매를 가져서 랩퍼인 줄 알았는데 알고 보니 메인보컬인 멤버도 있고, 다 떠나서 서글서글한 눈매로 일단 친근감을 안겨주는 멤버도 있다.

좋은 걸 늘어놓으면 하나쯤은 걸려들겠지 싶은 인형뽑기식 논리를 이해하면서도, 그런 식으로 이야기하는 건 즐기지 않는 편이다. 다인원 아이돌이 좋은 이유는 그들이 적은 수의 인원일 때보다 무대 위에서 더욱 다채로운 그림을 그릴 수 있기 때문이다. 안무가를 비롯한 연출자에게 좀 더 큰 기획의 가능성을 열어준다고 해야 할까. 어쨌든, 핵심은 숫자가 아닌 결과물의 퀄리티다.

그래서 꽤 좋았던 콘텐츠 중에서도 굳이 가장 좋은 두 가지를 뽑는다. 이 단계에서는 다음과 같은 기준을 적용한다. 전체가 탁월하지 않고, 부분만 좋아도 괜찮다는 게 첫째다. 완성도는 좋은 콘텐츠를 선별하는 중요한 기준이긴 하지만, 빈틈이 보여도 마음이 동할 수 있다. 예를 들면 16부작 드라마가 뒷심이 부족했고, 그중에 너무 마음에 들지 않는 캐릭터가 있었어도, 대사 한 줄만 좋았으면 가장 좋았던 것 중 하나가 될 수 있다. 바꾸어 말하면, 나는 종종 이유 없이 마음이 가는 것들을 설명하기 위한 언어를 찾아야만 했다. 우리가 보는 대부분의 콘텐츠가 필요한 영양소를 모두 갖춘 완전식품이 아니라는 점도 첫째 기준을 정한 이유다.

별다른 주목을 받지 못한 콘텐츠나 뜬금없는 타이밍에 나만의 역주행이 시작된 콘텐츠도 괜찮다는 게 둘째 기준이다. 조회수가 높다거나 판매 부수가 많은 콘텐츠를 소개할 때면 "요즘 이게 난리입니다", "당신만 모릅니다"라는 말을 나까지 얹을 필요는 없다는 생각이 든다. 실제로 신작과 구작을 섞어서 소개할 때가 많은데, 콘텐츠를 다루다보면 이미 지나간 작품에 뒤늦게 마음을 쏟는 나만의 역주행 콘텐츠들이 점차 늘어날 수밖에 없다.

이는 덜 유명한 게 더 유명해지길 바라며, 이미 유명하다면 편견 없이 좋은 부분이 소비되기를 바라며, 시장의 논리와는 조금은 거리를 두고 추천·소개하는 일의 일환이다. 물론 내가 미처 보지 못한 것 중에도 좋은 콘텐츠가 많을 테니, 소비하는 콘텐츠의 양을 더 늘리려 시도해본 적도 있다. 하지만 무리였다. 결국 한 사람의 시야 안에서, 레이더에 걸려든 것을 선별적으로 소개할 수밖에 없었다. 그만큼 눈앞에 있는 콘텐츠를 더 주의 깊게 들여다보고 다른 사람에게 알리는 일의 가치를, 나는 좋아한다.

어느 온라인 서점에
빚진 마음
#고정 코너 3. '지난 10일 동안의 알라딘 보관함 로그'*

생의 가장 막막한 시기였던 2012년('신작 없는 세계'라는 나만의 SF 시나리오를 썼던 그때), 미국 남부 어느 동네의 기숙학교에 다니던 나는 새로운 취미를 얻었다. 그것은 매 주말 캠퍼스에서 사십 분 정도 멈추지 않고 걸어가면 나오는, 와이파이 존wifi zone이 있는 스타벅스에 가는 거였다. 거주지에서 가장 가까운 와이파이 존이 도보로 사십 분이나 걸리는 곳에서 생활했다는 게 지금으로서는 믿기지 않는다. 어쨌든, 그곳에서 노트북을 켜고 요즘 한국에서는 무슨 책들이 나오고 있는지를 구경했다. 한번은 사고 싶은 책들의 목록을 추린 뒤 고국의 부모님께 "먹을거리, 입을거리 같은 건 보내줄 필요 없고 그냥 책만 몇 권 보내달라"고 한 적이 있다. 그런데 물먹은 솜도 아닌 그저 건조한 종이 모음일 뿐인 책은 한 권씩 추가될 때마다 어마어마한 택배비로 정산되었다. 국제택배는 박스의 크기가 아니라 무게에 따라 가격이 다르게 매겨진다는 걸 그때는 몰랐다. 다섯 권 정도의 책을 국제택배로 받았는데 책값보다 배송비가 더 나왔다는 소식을 듣고 아연실색했다. 전자책 단말기는 대안으로 고려되지 않았다. 2010년대 중반까지만 해도 책이 가진 물성을 고집스레 좋아했기 때문이었다. 그래서 그냥 매주 비슷한 시간에 커피를 마시며 지난 일주일간 세상에 나온 우리말로 된 거의 모든 신간의 목록을 훑는 것으로 아쉬움을 달래기로 했다. 책을 양껏 사서 볼 수 없는 제약이 있는 상황에서 일종의 '목록 독서'를 선택한 셈이다.

신간 리스트에서 제목이나 부제를 보고, 표지의 생김새를 보고, 좀 더 궁금해지면 목차까지 확인했다. 그중 한국으로 돌아가면 사서 볼 책들을 '보관함'에 넣었는데 집으로 돌아와 보니 그곳에 네 자릿수에 육박하는 책이 들어 있었다. 목록 도서는 그 후로도 이어져 취미로 굳어졌고, 어느새 올해로 꼬박

● 지난 10일간 출간되었거나 예약판매 중인 도서 중 온라인 서점 알라딘 보관함에 넣어둔 책들을 소개하는 코너.

10년째 매일 아침저녁으로 하는 일상의 조각이 되었다. 빠르게 훑어보고, 빠르게 보관함에 넣은 후, 살 것인지 말 것인지 정기적으로 솎아내는 작업을 해온 것이다.

〈콘텐츠 로그〉에서 언젠가 일회성으로 '지난 10일 동안의 알라딘 보관함 로그'를 소개했던 적이 있다. 한 가지 특이점은, 책을 보관함에 넣은 일시가 표시된 화면을 캡처해 이미지로 첨부했다는 점이다. 내가 언제 어떤 책에 관심을 가졌는지가 구체적으로 기록되어 있어서, 이 또한 '로그'의 형식을 취할 수 있었다. 실제로 읽은 책이 아니라 곧 시간을 내서 보고 싶은 마음이 드는 책을 모은 것이었기에, 줄거리나 작가에 대한 정보를 나열하기보다는 '왜 이 책을 사서 읽고 싶다는 마음이 들었을까?'에 집중해서 내용을 구성했다. 원래는 일회성 코너였는데, 정규 코너로 편성해줬으면 좋겠다는 요청을 짧은 시간 동안 집중적으로 받았다. 그러니까, '나도 사고 싶어진다'는 반응이었다. 세 번째 고정 코너는 이렇게 탄생했다.

세 번째 코너는 다음과 같은 과정을 거쳐 준비한다. 온라인 서점에서 제공하는 '미리보기' 기능을 활용해 눈길을 끄는 책의 서문을 두 번 정도 읽는다. 서문을 읽고 나면 저자가 이 책을 통해 전하고자 하는 핵심 메시지가 무엇인지를 한두 줄로 요약해둔다. 미리보기 기능으로 도서 앞표지와 뒤표지까지 볼 수 있기에, 표지 디자인에서 받은 첫인상뿐 아니라 뒤표지에 어떤 카피가 적혀 있는지도 유심히 봐둔다. 물론 이것은 2D 이미지이기 때문에 후가공, 표지의 질감, 책의 무게감 같은 것들은 알 수 없다. 그런 것까지 궁금해질 땐 가까운 서점으로 간다.

이러한 과정을 거친 후, 보관함에 담긴 책 중 평균 다섯 권 내외의 신간을 소개한다. 이 코너에 실을 도서를 고르는 기준은 다음과 같다.

- 최근 10일 사이에 출간된 책일 것. 누구나 구매 가능한 상태일 것. 즉, 절판된 구간이 아닌 신간일 것.
- 특정 주제에 한정하지 않을 것.
- 좋아하는 저자의 후속작일 것. (이는 신간이 나온 기념으로 구간을 함께 소개하며 두 권을 '끼워팔기' 해보려는 일종의 '팬심'이다.)
- 아직 구매하지 않은, 알라딘 보관함에 넣어둔 책일 것. (벼락부자가 아니기 때문에 사고 싶다고 다 살 수는 없을뿐더러, 구매한 책에 대해 쓰는 건 '지난 10일 동안의 알라딘 보관함 로그'라는 코너 이름과도 어긋나기 때문이다.)

잘 알려지지 않은 구간을 만나는 즐거움도 좋아하지만, 이 코너에서는 철저히 신간에만 집중한다. 물론 신간을 실제로 읽어보면 읽기 전에 막연히 가졌던 인상과는 다른 책일 때가 있다. 심지어 이미 책의 핵심 메시지를 잘못 추론해서 소개한 뒤일 수도 있다. 이렇듯, 다른 사람들의 후기를 찾아보기 힘든 신상 콘텐츠를 다루는 건 어느 정도의 위험부담을 안고 있다.

누군가 특정 온라인 서점의 보관함 기능을 코너 이름으로 정한 이유가 있느냐는 질문을 한다면, 빚진 마음 때문이라고 답할 것이다. 10년 전 알라딘을 주기적으로 들락거리며 정서적인 허기를 채웠던 경험에 빚진 마음 말이다. 내게 알라딘 보관함은 미래를 위한 작은 즐거움을 수집해두는 매직숍 같은 곳이다. (물론 나는 알라딘뿐 아니라, YES24·교보문고·리디북스 등을 두루 병행해서 이용하고, 오프라인 서점도 자주 간다.)

〈콘텐츠 로그〉에서는 신간 위주로 소개하고 있긴 하지만, 나는 신간·구간 가리지 않고 좋은 책을 소개하는 뉴스레터를 꾸준히 받아본다. 그중 책을 대하는 태도에 각자의 철학이 녹아 있는 몇 가지 사례를 소개하고 싶다. 이들은 서점이나 출판사 직원이 아니기 때문에, 무엇을 선택하고 선택하지 않는지에 개인의 가치관을 더 많이 반영한다.

패션지를 비롯한 각종 매체에서 활약하는 박찬용 에디터의 뉴스레터 〈앤초비 북 클럽〉은 절판된 책을 포함해, 잘 안 팔린 책을 소개한다. '이번 연휴에 읽을 책'이나 '읽고 있는 책'도 공유한다. 그는 독자 수와 상관없이 자신만의 것을 만들고 싶다는 마음으로 이 뉴스레터를 시작했다고 한다. 경향신문 기자가 발행하는 〈인스피아〉는 하나의 주제를 중심으로 수많은 참고자료를 엮은, 마치 소논문처럼 구성된 뉴스레터다. 학술정보 포털 DBpia 커버를 패러디한 디자인으로 시작되고, 후반부에는 참고문헌이 나와 있는데 매호 여러 권의 책을 참고하고 있음을 알 수 있다. 〈인스피아〉도 구간에 주목하는데 그 이유로 두 가지를 든다. 첫째는 책이 나온 시점보다 책의 메시지·매력이 더 중요하다고 생각하기 때문이고, 둘째는 구간이 인기 있는 신간에 비해 도서관에서 빌려보기가 수월하기 때문이다.

두 뉴스레터가 이미 읽은 책을 자신만의 방식으로 소화하여 소개한다면, 브랜드 관련 콘텐츠를 만들고 있는 박혜강 에디터의 뉴스레터 〈에그브렉〉은 한 호에 신간 네다섯 종을 소개한다. 너무 빠른 속도로 너무 많은 책이 우리를 스치고 지나간다는 점에 대해서는 '보관함 로그' 코너를 구상한 나와 〈에그브렉〉 발행인이 공감대를 가지고 있는 것처럼 보인다. 그는 에그브렉 홈페이지 소개글에서 "'이 책은 이거랑 같이 보면 좋은데…', '요새 이런 책들이 많이 나오는 걸 보니 사람들이 이런 주제에 관심이 있구나', '이 책은 찾아보지 않았으면 몰랐을 책이네!', '이 작가 인터뷰를 재밌게 봤는데 신간이 나왔네?'"라는 생각이 드는 책을 선정하여 소개한다고 밝힌 바 있다. 대표적인 도서 뉴스레터인 만큼, 구독자들의 추천 도서를 제보받아 '우리가 발견한 책(feat. 신간이 아니어도 괜찮아)' 코너를 운영하는가 하면, 2022년에는 구독자가 스스로의 독서 계획과 독서 기록 방식, 읽고 있는 책의 목록을 공유할 수 있는 페이지를 개설하기도 했다.

지난해, 〈에그브렉〉이 주최한 온라인 독서 모임 '리딩타운'에 참여했던 적이 있다. 매일 책을 읽고 인증하며, 서로의 질문에 답변해주는 모임이었다. 그때 열 명 남짓의 '에그브레이커(〈에그브렉〉 구독자를 이르는 말)'와 함께 읽은 책에서 '아동 독서권children's rights to read'을 접한 것이 의외의 소득이었다. 국제리터러시협회International Literacy Association가 제안했다는 이 권리는 총 열 개 조항으로 구성되어 있는데, 그중 두고두고 생각났던 조항들이 있다. 아래 조항에서 "아동은"을 "누구나"로 바꿔 읽어도 좋을 것이다.

3항. 아동은 자신이 읽을 것을 선택할 권리가 있다.

5항. 아동은 즐거움을 위해 읽을 권리가 있다.

7항. 아동은 독서를 위해 따로 긴 시간을 확보할 권리가
있다.

큐레이션은 기다림의 이유를
만들어주는 것
#고정 코너 4. '다음 10일 동안
기다려지는 것들'*

10일 동안 본 것을 쓰고, 그중 가장 좋았던 것을 고르고 나면, '다음 10일 동안 기다려지는 것들'에 대해 쓴다. 이 코너에 소개된 콘텐츠들은 다음 호의 '지난 10일 동안의 콘텐츠 로그'에 언급될 확률이 높다. 이렇게 기다려지는 것들을 모으고, 그것들을 시간 내서 보고, 또다시 기다려지는 것들을 모으며 지내는 생활의 연속이다. 비교적 나중에 등장한 코너인 '지난 10일 동안의 알라딘 보관함 로그'를 제외한 나머지 세 코너는 상호 의존적이어서 내가 어떻게 10일이라는 시간 단위와 관계 맺고 있는지를 보여준다. 이렇게 코너를 구성하면, 구조적 완성도를 높일 수 있겠단 생각도 있었다.

　'큐레이션'이라는 단어가 가진 함정을 생각해볼 때

가 있다. 상대방에 대해 충분히 확보된 데이터베이스가 없는 상태에서는 아무리 "네가 이걸 좋아할지도 모르지"라고 말을 걸어봤자, 결과는 어디까지나 운의 소관이다. 실패할 확률이 절반보다 높다는 뜻이다. 그래서 나는, 독자를 고려하지 않은 채 거듭해서 내가 좋아하는 것만 드러내는 일이 큐레이션이라기보다는 '큰 소리로 자랑하는 독백'에 더 가깝다고 느낀다. 독자가 누구인지도 모르는데, "이런 걸 좋아할 것 같다"라고 말하는 대화라니 어딘가 좀 일방적이지 않은가!

이제 큐레이션이라는 용어는 거의 모든 곳에서 사용된다. 식당과 카페는 단지 먹을 것들을 판매하는 곳이 아니며, 편집숍은 그저 여러 물건을 나열해둔 상점이 아니다. 어디를 가든 손님 개개인에게 맞춤형 제안을 해주어 '당신의 만족감을 극대화시킬 수 있다'는 메시지가 전달되어오는 것 같다. 식당과 카페에서 추천 메뉴가 무엇이냐는 질문을 거의 하지 않고 신속하게 주문하길 좋아하는 나는, 그래서 이따금 어색함을 느낀다. 적절한 반응을 하지 않고 추가 질문도 하지 않는 나를

●   다음 뉴스레터를 보내기 직전까지 발행인이 보고, 읽고, 들을 것으로 예상되는 콘텐츠들, 그리고 널리 소개하고 싶은 콘텐츠 행사 라인업을 요약하는 코너.

보며 큐레이터가 직업적 보람을 잃게 되지는 않을까 내심 걱정마저 든다.

그러나 '나를 잘 알지도 못하면서 내게 맞춤형 도움을 주신다고요?'라는 방어적인 태도를 가지고 있던 나는 버락 오바마 미국 전 대통령을 보면서 생각을 조금 달리하기 시작했다. 그는 재임 시절뿐 아니라 그 후에도 매해 SNS에 '버락 오바마의 리스트'를 발표한다. 2021년에는 올해의 책 24권, 올해의 영화 14편, 올해의 음악 27곡을 공개했다.

2020 음악 리스트에는 밥 딜런의 〈Goodbye Jimmy Reed〉부터 두아 리파의 〈Levitating〉까지 수록되어 있어, 그가 장르나 스타일을 가리지 않고 음악을 듣는 스펙트럼이 꽤 다양한 리스너임을 알 수 있었다. 정말 마음에 들었던 건 그가 음악 부문 선정에 둘째 딸인 샤샤와의 논의를 거쳤다고 알려준 부분이다. "내 가족이자 음악 구루인 샤샤와 귀한 협의를 거친 결과입니다I had some valuable consultation from our family music guru Sasha"라는 코멘트가 음악 리스트에 곁들여져 있었던 것이다. 오바마는 콘텐츠를 매개로 가까운 사람들과 대화를 나누고, 그 과정을 거쳐 나온 목록은 누군가에게 크고 작은 영향을 미친다. 그는 영향력 있는 정치인인 동시에 큐레이터다.

'다음 10일 동안 기다려지는 것들' 코너를 만든 배경에는 새로 공개되는 콘텐츠를 모두 다 챙겨 볼 수 없다는 절망이 짙게 깔려 있다. 그러나 정기적으로 업데이트된 작품들을 확인할 수 있는 복수의 OTT를 구독하면서부터는 미처 절망할 겨를도 없었다. 무언가 끊임없이 다가오고 있는데, 일부 작품의 공식 소개 멘트나 포스터 이미지·티저 영상 같은 것들이 시선을 끈다면, 그게 왜 궁금한지 정리해두는 정도로 만족하기로 했다. 그래서 큐레이션의 방식도 '먼저 경험해보니 좋더라'가 아니라, 아직 경험해보지 못한 상태에서 최소한의 정보만 가지고도 생겨나는 기대감의 정체를 나누고 싶다는 마음, 모쪼록 이 기대감에 동참해달라는 마음인 '우리가 같은 대기 줄에 서 있다면 즐겁겠다'에 더 가깝다.

'매월 이용자가 이만하면 본전을 뽑았다고 느끼는 지표'에 대해 누군가가 연구하고 있을지도 모르겠다. 구독하는 플랫폼에서 아무리 많은 작품을 보았어도 하나도 마음에 들지 않는 경우가 있고, 딱 한 작품만 짬을 내서 봤는데 그것만으로 족한 경우도 있다. 그렇다면 도대체 '본전을 뽑다'란 무슨 의미인가. 투자한 비용과 시간에 준하는 심리적 보상을 돌려받지 못한 사람들은 불과 한 달 전에 구독을 선택한 자신을 탓하지만, 그것은 OTT뿐 아니라 인생 전반에서도 늘 반복되어왔던 일이다.

기대가 없으면 실망도 없다지만, 우리가 본전을 뽑으려는 마음으로만 산다면 점점 즐거움을 느끼는 일상의 폭이 좁아질 거라 생각한다. 언제나 인생작을 만날 수는 없다. 오히려 본전을 뽑지 못했더라도 구독하고 있는 플랫폼을 조금 너그럽게 대하면서, 다음 기회를 기대해볼 수도 있다. 그런 점에서, 정기적으로 기다리는 것들을 정리하고 내보내는 일은 매번 작은 이벤트를 심어놓는 일이다. '5일 후 오후 6시가 되면 기다렸던 팀의 뮤직비디오를 볼 수 있어. 그러니까 그날은 5시 50분까지 모든 할 일을 끝내놓아야 하지만 난 5일 전인 지금부터 벌써 행복해'라는 마음을 공유한다는 점에서 말이다. 여우가 4시에 온다면 3시부터 행복해지기 시작할 거라던 어린 왕자처럼, 나는 다가오는 콘텐츠를 기다린다. 21세기의 《어린 왕자》는 이런 식으로 다시 쓰이고 있다.

좋은 제목학원 있으면
소개시켜줘

제목 짓기는 늘 새롭게 어렵다. 〈콘텐츠 로그〉는 인사말 없이 바로 본 코너로 들어가기 때문에, 끝까지 스크롤을 내려서 전문을 살펴보지 않는다면 제목의 근거를 찾기가 어려울 수 있다. 뉴스레터는 시각적으로 눈길을 끄는 썸네일 이미지 없이 한 줄의 제목과 미리보기 몇 줄로만 승부를 보아야 하는 영역이어서 제목을 잘 짓는 게 중요하(게 느껴진)다. 적당히 시의적이고 호기심을 불러일으키는 말의 조합이면서도, 짧고 간결할수록 좋다. 내가 사용하는 뉴스레터 발송 서비스 '스티비'에서는 제목을 26자 이상 입력하면 "너무 길어요!"라는 경고성 멘트가 나타나기도 한다. 더불어 구독자를 제목으로 속이거나 조급하게 만들지 말아야 한다. '아직도 ○○○ 안 봤어?', '당신만 모르고 있던 ○○○!', '놓치면 안 될 ○○○' 같은 제목은 쓰지 않는다. 하지만 이런 원칙들을 알고 있음에도 매번 본문을 완성한 후 제목을 입력할 때가 되면 아무 생각도 나지 않는다. 빈 화면에 커서가 깜빡이는 소리가 머릿속에 울릴 지경이다.

100번 가까이 뉴스레터 제목을 짓는 동안 대중없이 여러 시도를 해보았다. '지난 10일 동안 가장 좋았던 것들' 코너에 쓴 내용 중 한 문장을 발췌하는 경우가 일반적이었지만, 뚜렷한 작명 기준이 있는 것은 아니었다. 다른 뉴스레터들은 제목을 어떻게 짓는지 틈틈이 살펴보는 편인데, 내가 받아본 뉴스레터 중 호기심을 자아내 신속한 오픈에 도움이 되었던 제목 중 몇 가지를 꼽아보자면 다음과 같다.

- "한마음 한뜻이 모이면 과부하가 걸립니다."
  (〈책읽는수요일〉, 2021.12.15.)

다수의 뉴스레터를 구독하는 사람 중에는 생산성 만능주의가 만연한 사회를 바쁘게 살아가고 있는 이들이 많을 것이기에, 일에 대한 통찰력을 담은 제목은 확실히 눈길을 끈다. 출판사 '책읽는수요일'에서 보내는 이 동명의 뉴스레터는 도서의 띠지 카피에 있을 것 같은 문장을 제목으로 선정하는 편이다.

- "송년회는 어렵겠는데?"
  (〈뉴닉〉, 2021.12.06.)

일간으로 세상 돌아가는 소식을 알려주는 시사 뉴스레터 〈뉴닉〉은 현재 가장 뜨거운 이슈를 제목에 키워드로 담는다. 2021년 12월 초에 발행된 이 뉴스레터는 당시 최대 현안이었던 '사회적 거리두기'를 고려하여 시의적절한 제목을 선보였다.

- "디즈니 들어온다! 유브 갓 키-노 젓자!"
  (〈유브 갓 키노〉, 2021.10.20.)

OTT 플랫폼 디즈니플러스의 국내 진출을 앞두고 시의성은 물론이고, 관용적 표현인 '물 들어온다! 노 젓자!'를 변주해서 셀프 브랜딩까지 챙긴 제목의 사례다. OTT 콘텐츠 추천 플랫폼 키노라이츠에서 보내는 뉴스레터 〈유브 갓 키노〉는 OTT의 지각변동을 담아낸 유머러스한 제목을 뽑아내고는 한다.

- "미안, 이번 까탈로그엔 사고 싶은 게 많을 거야"

  (〈까탈로그〉, 2021.08.20.)

뉴미디어 〈디에디트〉에서 발행하는 뉴스레터 〈까탈로그〉는 구독자의 통장을 '위협'하기 위해 최선을 다한다. 매번 살까 말까 싶은 것들을 모아서 소개해왔으면서도, 퉁명스럽게 "미안"으로 시작하는 제목을 보며 더욱 정감이 갔던 경우다. 뉴스레터의 제목부터 본문까지 존대어가 아닌 평어를 사용하는 것도 특징 중 하나다.

- "7월의 중간, 이제 요리는 무리인 계절"

  (〈먹는 일에는 2000%의 진심〉, 2021.07.09.)

"먹는 것에는 과할 정도로 부지런하고, 먹는 일에는 귀찮음이 없는" 콘텐츠 기획자 김나영이 보내는 뉴스레터 〈먹는 일에는 2000%의 진심〉은 제철 재료를 활용한 레시피나 식당 방문기를 담는다. 푹푹 찌는 한여름에 이 제목을 보면, 단숨에 공감하여 마음이 열린다. 무더위에도 찐만두를 만들어 먹었다는 반전 내용도 재미 요소다.

물론 정말 잘 지었다 싶은 메일 제목을 다른 매체에

서 마주하면 같은 인상을 받지 못할 수도 있다. 경제경영서나 실용서는 제목이 은유적일 경우 부제를 통해 어떤 이야기를 하는 책인지를 분명하게 드러낸다. (그러므로 나는 부제까지가 하나의 제목이라고 여긴다.) 유튜브는 조금 사정이 달라서 검색 결과에 어떤 단어든 걸려들게끔 많은 단어가 조합된 장문으로 제목을 구성한다. 그래서 썸네일 이미지에 들어간 텍스트와 실제 영상 제목에 들어간 텍스트가 다른 경우를 종종 볼 수 있다. 둘 중 어느 것이 진짜 제목일까? 정답은 없다. 당신이 유튜브 영상을 볼 때 어느 쪽에 먼저 시선이 가는지를 생각해보면 된다. 영화, 드라마, 예능 프로그램 등의 제목은 시청자의 기억에 남아 일상 대화에 언급되어야 하기에 아주 쉽고 간결한 게 좋다. 심지어 줄임말의 말맛도 어렵지 않고, 기분 좋게 들려야 한다. 이런 식으로 얼마나 많은 사람이 제목 짓기에 골몰하고 있는지를 생각할 때면 아득해진다. 그래서 다음 호 제목은 뭐라고 짓지?

더 많은 구독자를 위한
배웅의 인사

내가 만든 콘텐츠를 봐줄 사람들을 찾는다는 건, 아무도 나를 모르는 세계에서 관계를 리셋하고 처음부터 다시 시작하는 것과 비슷하다고 생각하던 때가 있었다. 내가 어떤 사람인지와는 무관하게, 콘텐츠를 잘 만들어두면 사람들이 먼저 그것을 소비한 후 내가 누군지 궁금해하며 다른 작업물을 계속해서 찾아주겠지 하고 넘겨짚었던 것이다.

다양한 관계망 속에서 이만하면 잘 살아온 게 맞는지 돌아보던 때도 있었다. 구독자 모으는 데 뭐 그런 것까지 생각하느냐고 할 수도 있겠지만, 아무도 도와주지 않았다면 시작할 수 없었을 일이라는 것을 알고 있었기에 꼭 거쳐야 할 고민이었다. 현실에서 인간관계를 잘 형성해두지 않았거나 디지털 세계에서 헨젤과 그레텔이 빵가루를 뿌리듯 내 활동을 알리며 살아오지 않았다면, 뉴스레터를 시작할 수 없었을 것이다. 그 둘 중 하나로부터, 뭔가를 새로 시작한다고 할 때 응원과 호기심의 마음을 가진 사람들이 모여든다. 결국 새로 시작하는 무언가를 위한 초기 입소문은 그동안 나를 봐온 사람들로부터 시작되는 것이다. 나만의 확실한 콘텐츠가 있다고 해서 처음부터 모든 게 잘 풀리고, 같은 일을 오래 할 수 있겠다는 자신감이 생기는 건 아니다.

하지만 지인 기반의 응원만으로는 제대로 된 체계 없이 동아리에서 할 법한 일만 반복하게 된다. 내 것을 만들어 밀고 나가는 사람은 어느 지점부터는 본인이 전혀 몰랐던 사람, 익숙한 세계의 바깥에 살고 있는 사람들에게도 닿아야 한다.

그런 고민을 하던 와중에 읽었던 인터뷰집이 있다. 15세부터 목공을 시작해 국무총리상을 받은 현병묵 목수와의 인터뷰집 《목공, 목수, Carpenter: 어떻게 45년 동안 같은 일을 했나?》에는 '주 고객층은 누구라고 생각하는지', '그들이 어떻게 자신을 찾아오는 것 같은지' 등의 질문들이 담겼다. 내가 현병묵 목수라면 어떻게 대답할지 잠시 상상해봤다. "정확히 이런 취향을 가진 사람이 내 물건을 자신의 공간에 들여주었으면 좋겠다"라고 이상적인 고객의 상을 제시하지 않았을까 싶다. 그러나 실제로 탁자를, 의자를, 책장을 구매하러 오는 사람들은 하나로 묶을 수 없는 다양한 속성을 가졌을 것이다. 물건뿐 아니라 서비스, 콘텐츠도 그렇다. 그럼에도 불구하고 우리는 타깃 고객을 정하고 그들의 지갑을 열기 위한 기획서를 작성한다. "사람 마음은 알 수 없지 않나요"라고 말하고 싶다가도 묵묵히 기획서를 작성하고 또 작성하고……. 그러니까 내 뉴스레터를 받아보는 구독자를 하나로 묶을 수 있는 특징이라고는 도저히 모르겠다는 소리다. 어떤 때는 공통점을 찾은 것 같다가도 다시 헷갈리기 시작한다.

1995년 아이돌 그룹 H.O.T.가 "키워주세요"라고 단체인사를 할 때, 언론은 자기소개도 아니고 안부 인사도 아닌 이 알 수 없는 인사에 주목했다. 나는 큰 화제가 되었던 이 말보다 더 영향력 있는 인사법을 알고 있다. 그건 코미디와 교양 두 마리 토끼를 모두 잡은 팟캐스트 〈영혼의 노숙자〉 진행자 '셀럽 맷'의 "누가 날 키워줄 거죠?"라는 인사말이다. (이 인사는 어느 순간부터 "모두가 함께 키워나가는 셀럽 맷"이라는 멘트로 살짝 바뀌었다.)

〈영혼의 노숙자〉에는 진행자의 오랜 친구, 친오빠, 그가 잠시 어학원에서 일할 때 만난 수강생 등이 고정 게스트로 출연한다. 출연자들은 단지 지인으로서 온정을 나누는 정도에 그치지 않고, 공동의 책임감을 가지고 콘텐츠를 만들어낸다. 이 팟캐스트를 듣던 나는 "누가 날 키워줄 거죠?"가 정말 이 시대에 필요한 인사법이지 않을까 싶었다. "누가"는 '모두'를 겨냥한 말인 것처럼 보이지만 동시에 '나', 즉 개별 청취자를 지칭하는 말이기도 하다. 매 에피소드 가장 마지막에 나오는 배웅의 인사이기 때문이다. 이 인사가 들려온다는 건 에피소드 한 편을 끝까지 들었음을, 즉 이 팟캐스트에 어느 정도 관심이 있음을 의미한다. 진행자와 이 팟캐스트를 더 키워줘야 할 의무감이 자동으로 적립되는 것 같았달까. '나만 재미를 보고 말 게 아니라 이걸 더 많은 사람에게 알려야지!' 하는 마음이 드는 효과 말이다.

〈콘텐츠 로그〉가 더 많은 이들을 만나려면 구독자들에게 어떤 인사말을 건네야 할까? '가까운 지인에게 알려주세요', '소문 많이 내주세요' 같은 의미를 담으면서도, 뻔하지 않은 표현을 고민하지만 아무 생각도 나지 않는다. 좋은 인사말을 이미 빼앗겨버렸다는 걸 인정해야 할 것 같다.

오픈율이 얼마나 되나요?
뉴스레터는 돈이 되나요?
#뉴스레터의 숫자와 수익모델

2019년 여름의 어느 날, 요리연구가 백종원 씨가 실버버튼과 골드버튼을 동시 개봉하는 유튜브 영상을 보았다. 대부분의 유튜버에게 10만 구독자 달성을 의미하는 실버버튼은 유튜브 생태계를 익히는 데 들인 시간과 매주 영상 편집을 하는 데 들인 시간을 공식적으로 보상받는 최초의 순간이다. 그동안 수많은 유튜버가 실버버튼이 담긴 박스를 조심스레 개봉하며 감격에 겨워했던 것과는 달리, 그날의 백종원 씨는 거침이 없었다. 그의 집밥 레시피와 노하우를 아카이빙한 〈백종원의 요리비책〉은 채널 오픈 당일 구독자 10만 명, 이틀 만에 100만 명을 돌파했다. 당시 그와 같은 텔레비전 프로그램에 나오던 한 출연자가 실버버튼 택배에 동봉된 편지 중 "10만 명 돌파를 진심으로 축하합니다. 구독자 수 100만 돌파가 아직 멀게 느껴지시 겠지만······"이라는 구절을 읽어내리는 동안, 바로 옆에서 백 종원 씨는 골드버튼 택배를 개봉하며 "와, 이건 아까 것보다 더 크다!"라고 말하는 웃지 못할 상황이 펼쳐진다.

유튜브는 개별 채널이 상징적인 구독자 수를 달성할 때 마다 실버버튼, 골드버튼, 다이아버튼을 유튜버가 요청한 주 소로 보내준다. 힘들 때마다 모니터 옆에서 영롱하게 빛나고 있는 버튼을 한 번씩 보면서 힘을 내라는 걸까. 백종원 씨의 겹 경사 현장을 보고 있을 즈음 내 뉴스레터 구독자는 200명 남 짓이었는데, 문득 뉴스레터 발행인은 어떻게 공인된 인정을 받을 수 있을지 궁금해졌다. 같은 해 어느 가을날, 시사 뉴스레 터 〈뉴닉〉은 구독자 10만 명을 돌파한 기념으로 보란 듯이 '실 버'를 테마로 한 크라우드 펀딩을 열었다. 인증패를 받을 수 있 는 곳이 없다면, 구독자들과 함께 실버버튼 굿즈를 나누며 축 하와 격려를 나누겠다는 것으로 보였다.

영상 플랫폼 시장을 독점하고 있는 유튜브와 달리, 뉴스 레터는 몇몇 이메일 발송 서비스들이 시장을 조금씩 나눠서 점유하고 있다. 구독자 리스트를 일괄적으로 관리하기 위해 서, 대량 발송을 위해서, 디자인 요소를 가미하기 위해서 등의 이유로 소정의 금액을 지불하고 발송 서비스를 이용하는 듯하다. 하지만 이메일 발송 서비스를 사용해야만 뉴스레터를 보낼 수 있는 건 아니다. 누구나 개인적인 경로로 구독자를 모집하고 메일을 보낼 수 있다. 때문에 '이만하면 많은 사람이 보고 있는 거다!' 싶은 뉴스레터 구독자 수에 대한 합의는 아직 없는 상황이다. 2022년 5월 기준으로 약 46만 명이 구독하는 〈뉴닉〉이 국내 뉴스레터 중에서는 가장 많은 구독자를 보유하고 있다는 것을 통해 기준을 대략 가늠할 수 있을 뿐이다.

발송 서비스를 통해 뉴스레터를 운영하면 '구독자 수', '오픈율', '클릭률', '수신거부자 수', '최근 7일간의 구독자 증감 수' 등의 숫자를 마주하게 된다. 오픈율은 메일을 한 번이라도 열었을 때, 클릭률은 본문 내에 있는 링크나 버튼('관련 영상 보기', '더 읽어보기', '전문 읽기' 등)을 클릭할 때 집계된다. 제목을 솔깃하게 지으면 오픈율이 올라가고, 본문 내용과 관련된 추가적인 내용을 보고 싶게끔 글의 흐름을 설계한 경우 클릭률이 올라간다는 가설이 있다. 클릭을 유도하는 밑줄이나 볼드 표기 하나하나가 이 가설이 설득력 있는지를 확인하는 지표가 된다. 하지만 클릭률의 높고 낮음이 가지는 의미는 점점 희미해지고 있다. 본문에 소개된 콘텐츠나 뉴스에 대한 더 깊이 있는 부가 정보를 보고 싶어 하는 사람이 있는가 하면, 뉴스레터를 읽는 것만으로 충분하다고 느끼는 사람도 있기 때문이다. 특히 〈콘텐츠 로그〉는 본문에 적힌 모든 콘텐츠를 외부 링크와 연동시켜두는 대원칙을 가지고 있는데, 클릭 가능한 링크의 수가 수십 개에 달하다보니 뉴스레터의 전체 클릭률이 크게 중요한 기준점이 되지 않는다. 물론 유료 광고 콘텐츠나 이벤트를 진행할 경우, 뉴스레터 구독자 중 자세히 보기 버튼이나 이벤트 응모 버튼을 누른 사람의 비율이 어느 정도인지 파악할 수 있기에 클릭률이 유용하게 쓰인다.

나는 다음 두 가지 질문을 종종 받는다.

"뉴스레터 평균 오픈율은 몇 퍼센트인가요?"

"한 번 보낼 때마다 보통 몇 명이나 수신거부를 하나요?"

먼저 후자부터 살펴보자면, 메일 한 통을 보낼 때마다 전체 구독자 중 0.1퍼센트에서 0.4퍼센트 정도가 수신거부를 한다. 구독자 수로는 약 열 명 내외에 해당한다. 이 중에는 가끔 수신인의 메일함이 가득 차 있거나, 더 이상 사용하지 않는 메일주소인 경우(이를테면 회사 계정으로 뉴스레터를 받아보던 구독자가 퇴사한 경우)도 있지만, 자발적으로 해지하는 사람 역시 늘 있기 마련이다. 나는 그 사람이 어떤 이유로 수신거부를 했는지 알지 못한다. 이메일 서비스가 제공하는 데이터는 그가 언제 뉴스레터를 열어보고 해지했는지만 보여주기 때문이다.

아침 8시에 메일을 오픈하고 아침 8시에 바로 구독을 취소하는 사람도 있다. 수신거부 버튼이 뉴스레터 본문 맨 아래 있다는 점을 감안하면 스크롤을 내리는 속도가 일 분도 채 되지 않았다는 것이기에, 이를 통해 오늘의 뉴스레터에 불만족해서 구독 해지를 선택한 게 아니라는 추론이 가능해진다. 그는 어쩌면 지난번에 해지하려다 잠시 다른 페이지로 넘어가버려 이 뉴스레터의 존재를 잊고 있다가 마침 새로운 메일이 왔길래 확인한 후 해지를 결정한 것일 수도 있다.

어찌 됐든, 나는 수신거부자와 잠시나마 인연을 맺었다는 점을 사소하게 보지 않는다. 이들이 언젠가 재구독을 할 수도 있는 잠재 고객이라고 생각한다. 각자의 사정을 공연히 짐작할 수는 없다. 아마 해지 사유를 묻는다면 '배송 지연'이나 '사이즈 교환'은 아닐 테고 분명 '단순 변심'이겠지. (이 와중에도 새로운 구독자는 조금씩 증가한다. 다만 구독자 증가는 일정한 추이를 보이지 않아 분석에 어려움이 있다.)

그다음으로는 오픈율인데 이것도 애매한 부분이 있다. 어떤 사람들은 메일이 쌓여 있는 상태가 싫어서 마치 전기 모기채로 모기 잡듯 읽지 않은 메일을 발견 즉시 클릭한다. 또 다른 사람들은 앞부분만 조금 읽다가 더 흥미로운 무언가로 시선을 빼앗겨버린다. 〈콘텐츠 로그〉는 평균 47퍼센트 정도의 오픈율을 보인다. 뉴스레터를 책에 비유해보자면, 서문의 두세 페이지만 읽은 경우도 어쨌든 책을 펼쳐본 거니까 오픈율은 100퍼센트지만, 책의 본문을 읽지 않았다고 해도 오픈율은 여전히 100퍼센트다.

숫자가 중요하다는 입장이 있고, 숫자를 그렇게 신경 쓰지 말라는 입장도 있다. 숫자에 대한 감이 약하기도 하고, 크게 숫자에 좌지우지되지도 않는 나는 '스스로를 설득하는 숫자'가 필요하다고 생각하는 쪽이다. 특히 1인 발행인으로서 설득할 동료도, 상사도 없이 일을 진행하다보면 눈에 보이는 기준치가 필요해지기 마련이다. 그러다보니 구독자를 많이 모으고, 수신거부자의 비율을 최대한 낮추는 것보다는 '시간'을 얼마만큼 쓰는지가 '숫자'에 있어서 가장 중요한 문제가 되어버린다. 예를 들면, '뉴스레터 한 통을 보내는 데 세 시간까지만 쓰기'라고 스스로와 약속을 해두는 것이다. 세 시간 이상을 넘어가면 디테일은 보완될지 모르지만, 건강이 안 좋아지거나 뉴스레터 발행이 지속가능한 일인지에 관한 불필요한 의문이 생길 수 있기 때문이다. 또한 약속된 시간에만 작업에 임해야 나만의 오리지널 기획을 벌이는 데 시간을 쓸 수 있다. 목표 시간을 지키지 못할 때도 있지만, 이때까지만 하고 손을 떼겠다는 잠정적 목표는 분명 뉴스레터의 지속가능한 발행에 도움이 된다.

또 다른 숫자는 수익모델이다. 돈이 되느냐는 의미다. 앞서 말했듯 수익모델에 대한 그림을 그리지 않은 상태로 뉴스레터 발행을 시작했던 나는, 유료화 계획이 있느냐는 질문을 들을 때마다 별다른 답변을 내놓지 못하고 있다. 하던 대로 하면서 구독자에게 돈을 요구할 수는 없다는 생각이 들었기 때문이다. 게다가 돈을 지불할 만한 가치가 있는 콘텐츠를 선별하는 일은 '돈을 지불할 만한 가치'가 어느 정도인지를 정의 내리기 시작하는 데서부터 막히기 마련이다. 2021년 11월, 해외 뉴스레터 플랫폼 서브스택Substack의 유료 구독자가 100만 명을 돌파했다는 소식을 들었을 때는, 콘텐츠를 유료로 사고파는 일이 개별 콘텐츠의 가치가 아니라 각 문화권의 인식에 달려 있다는 생각이 들었다.

돈을 지불해야만 구독이 가능한 전면 유료화가 아닌 후원 기반으로 운영되는 뉴스레터도 있다. 그중에서도 'The Marginalian'이라는 이름의 블로그를 운영하고, 2006년부터 동명의 뉴스레터(이전 이름은 'Brain Pickings'였다)를 보내는 마리아 포포바의 사례를 이야기하고 싶다.

그는 구독자들의 후원을 독려하기 위해 자신이 하고 있는 일을 구체적으로 설명한다.

> 지난 15년간, 나는 매달 수백 시간과 수천 달러를
> 'The Marginalian'을 굴러가게 하는 데 써왔습니다. (…)
> 저는 스태프도, 인턴도, 어시스턴트도 없습니다.
> 이건 철저히 한 명의 여성인 제가 하고 있는 애정 어린
> 노동의 결과물이고, 제 삶이자 제 생계입니다. 만일
> 제 노동이 여러분의 삶을 어떤 방식으로든 더 살기 좋게
> 만들고 있다면, 기부금으로 그 지속가능성을 더하는 걸
> 고려해주세요. 여러분의 후원이 모든 걸 달라지게 합니다.[*]

구독은 사랑이고, 좋아요는 사랑이고, 알림 설정은 사랑이다. 그뿐 아니라 후원도 사랑이고, 입소문도 사랑이다. 사실 그 모든 게 사랑이라는 걸 처음부터 알았던 것은 아니다. 소비자일 때는 주로 감상평이나 리뷰를 쓰는 방식으로 애정을 표현했는데, 점점 창작자에게 직접 수익이 돌아가는 결제와 후

---

[*] 'The Marginalian' 홈페이지의 후원 독려 문구 중.

원의 방식을 선택하게 된다.

모든 사람이 스스로 수익모델을 창출할 수는 없는데 비해, 수익모델의 성공 여부는 사람들의 입에 너무 쉽게 오르내린다. 그럼에도 불구하고 뉴스레터 신scene은 더 커져야 한다. 그래야 그 안에 더 다양한 사람이 모여들어 뉴스레터 창작자를 후원하는 동기도 다양해질 수 있을 것이기 때문이다.

나는 언제까지 뉴스레터를 발행할 수 있을지 모르겠다는 말을 자주 한다. 〈고도원의 아침편지〉가 20년 이상 발송되고, 마리아 포포바의 〈The Marginalian〉도 15년 넘게 발송되는데, 내가 그런 식으로 계속 길어 올릴 수 있는 깊은 우물을 가진 사람인지 잘 모르겠기 때문이다. 내가 확신에 가득 찬 사람을 액면 그대로 믿지 못하는 한편, 누군가 가늘게 이어나가는 행보를 응원하며 지켜보는 사람이 되기를 택한 이유이기도 하다.

지금이 정말
뉴스레터 전성기인가요?
#국내외 뉴스레터 생태계에 대한 단상

언론사에서 일하는 기자 친구에게 오랜만에 연락을 받았다. 곧 뉴스레터를 런칭할 계획이라 요즘 여러 뉴스레터를 구독해서 살펴보고 있는데, 그중 내 것도 잘 받아보고 있다는 이야기였다. 신문방송학과 동기 중 한 명인 그는 전공을 살려서 기자가 되었다. 장기 취재 기획기사로 한국기자상을 받기도 했다.

그런 친구도 뉴스레터 발행을 시작한다니 팩트에 기반한 신속하고 정확한 취재와 보도, 사회의 사각지대를 다뤄 경종을 울리는 기획기사만이 언론인의 일이 아닌 듯하다. 국내 언론들은 2020년을 기점으로 활발하게 뉴스레터를 런칭하기 시작했다. 자사 뉴스의 심층 취재 내용이 담기기도 하고, 구독자가 궁금해하는 사안에 대한 답변을 모아서 콘텐츠를 구성하기도 한다. 때로는 뉴스레터만을 위한 자체 콘텐츠를 기획하기도 한다. 주요 언론사 뉴스레터의 특징을 살펴보면, 올드미디어가 뉴미디어를 어떻게 품으려 하는지를 알 수 있다.

- 〈인스피아〉: 경향신문 뉴콘텐츠팀 소속 기자가 발행하는 뉴스레터. 다양한 분야의 이슈를 심층적으로 다룬다.
- 〈휘클리〉: 한겨레 신문 콘텐츠기획부가 발행하는 뉴스레터. 콘셉트는 '10분 뉴스편지'다.
- 〈허스토리〉: 한국일보 커넥트팀에서 발행하는 뉴스레터. 여러 이슈를 젠더 관점으로 다룬다.
- 〈마부뉴스〉: SBS 데이터저널리즘팀에서 발행하는 뉴스레터. 데이터에 기반해 누군가에게 '응원'이 될 수도 '불편한 진실'이 될 수도 있는 내용을 다룬다.

언론은 지금 화제가 되는 사안의 핵심을 요약·분석할 뿐 아니라 사람들이 관심을 기울여야 하는 의제를 제시하는 것, 즉 의제를 설정할 수 있다는 점에서 여전히 필요하다. 가짜뉴스·공정성 등 여러 문제로 외면하는 사람이 많다고 해도 여전히 전 연령으로 도달되는 비율과 그로 인한 영향력이 가장 큰 매체이기도 하다. 그런 언론조차 유용하고 정제되고 시의성 있는 뉴스를 출근길에, 하루 십 분만, 잠깐 짬을 내어 보고 싶어 하는 독자들을 만족시켜야 한다는 과제를 가지고 있는 것이다. 관련해서 시사주간지 《한겨레21》이 흥미로운 섹션을 꾸렸다. 《한겨레21》 편집장이 국내 시장 점유율 1위 뉴스레터 〈뉴닉〉에서 일주일간 인턴으로 일하는 과정을 기사화한 것이다(《한겨레21》 제1329호). 기사는 〈뉴닉〉이 편집장 없이 구체적인 체크리스트에 따라 아이템을 선정하는 프로세스, 구독자의 의견을 즉각적으로 확인하는 피드백 구조 등(취재 당시 기준)을 두루 짚는다. 기성 미디어가 변화하는 미디어 환경 속에서 독자의 요구를 적극적으로 읽어내고자 한 시도로 이 특집기사를 평가할 수 있을 것이다.

국내 언론들은 해외 뉴스레터를 적극적으로 벤치마킹하면서 자신만의 색깔을 찾아가는 중이다. 해외 뉴스레터 시장은 국내보다 먼저 형성되었기에 생태계 크기 자체가 다르다. 생태계가 크면 자연스레 틈새시장이 생긴다. 개인 발행인 러셀 골든버그가 보내는 뉴스레터 〈Winning the Internet〉은 틈새시장이 존재함을 보여주는 좋은 예다. 이 뉴스레터는 지난 일주일간 영미권에서 발행된 뉴스레터의 본문을 분석해서 그중 가장 많이 언급된 상위 다섯 개 기사 링크를 큐레이션해 다시 주간 단위로 발행한다. 내가 처음 열어본 메일은 다음과 같은 문장으로 시작했다. "한 주 동안 84명의 발행인이 보낸 243개의 뉴스레터 본문에 포함된 3,259개의 하이퍼링크를 분석한 결과……" 이어서 가장 많이 언급된 기사는 총 13개의 뉴스레터에 수록되었다고 기재되어 있다. 지난 일주일 동안 특정 칼럼이 SNS에서 바이럴이 많이 일어나 다양한 뉴스레터에 소개되었을 수도 있고, 정말 좋은 기사라서 그만큼 많은 발행인의 눈에 들어왔을 수도 있다. 그러니까 〈Winning the Internet〉은 철저히 데이터로만 콘텐츠를 큐레이션한다. 누군가 의도와 관점을 가지고 일주일 동안 소개했을 링크들을 '언급량' 기준으로 선별해주는 것이다. 이 뉴스레터에서 소개되는 링크들만 읽어도, 지금 사람들이 주목하고 있는 주제에 대해 알 수 있도록 말이다. 요컨대 '에디터십editorship'의 결정체들을 모아, 데이터를 기반으로 한 번 더 순위를 매기는 것이다. 멋진 작업이라고 생각했다.

〈Winning the Internet〉 첫 호를 받아본 날, 나는 이 시장이 조금 부러웠다. 누군가는 피로감을 호소하지만, 전문성이나 관심도를 기반으로 한 뉴스레터가 더 많아져도 좋을 것이다. OECD 국가 중 애먼 분야에서 1~2위를 다투지 말고, 기왕이면 뉴스레터 발행인의 수로 1등을 했으면 좋겠다는 생각도 한다.

분야를 막론한 수많은 뉴스레터의 지향점이 꼭 알아야 할 정보를 바쁜 현대인들에게 정제해서 전달하는 데 있기 때문에, 뉴스레터와 정보의 접근성 문제도 생각해볼 필요가 있다. 어떤 정보는 뒤늦게 알아도 약간의 아쉬움만 남길 뿐이지만, 또 다른 정보는 최대한 많은 사람이 신속히 알아야 하는 속성을 가진다. 그렇다면 모두가 꼭 알아야 하는 정보는 뭐가 있을까? 한 번 읽어서는 절대 이해할 수 없는 국가 정책을 비롯해, 내가 이 정책의 시혜를 받을 수 있는 대상자인지 확인하도록 돕는 정보들이 아닐까? 그런데 이 정보가 정말 필요한 사람에게 닿고 있는지는 잘 모르겠다.

지금이 뉴스레터의 '춘추전국시대'이고 '뉴스레터 열풍' 같은 게 정말 있다면, 이제부터 뉴스레터를 발행하는 주체들이 (개인과 집단을 가리지 않고) 정보에 대한 관점을 재정의하는 계기를 마련해야만 한다. 뉴스레터가 아니어도 어디서든 정보를 얻을 역량을 가진 사람들 말고, 진짜 정보가 필요한 사람들에게 어떻게 그 정보를 닿게 할지 고민해야 하는 '의무'가 더해진 것이다. 구독자가 아무리 늘어나도 그들 안에서만 빠르게 정보가 돌고 도는 '그들만의 리그'가 되지 않을 방법을 찾아보아야 한다. 물론 나도 그걸 어떻게 하는지는 여전히 잘 모

른다. 다만 책임과 의무를 나누고 싶다는 생각만큼은 점
점 커지는 나날이다.

우리도
동료입니다
뉴스레터를 시작하는 사람들에게

수많은 청소년이 '유튜버'를 꿈꾸지만 아무도 '뉴스레터 발행인'을 장래희망이라 말하지는 않는다. 유튜버라는 직업의 상위 개념은 '콘텐츠 크리에이터'일 텐데, 뉴스레터 발행인은 같은 상위 개념에 속해 있으면서도 찬밥 신세를 면치 못한다. 방송국의 PD, 신문사의 기자, 출판사의 편집자처럼 소속으로 명명되는 직업군도 아니다. 뉴스레터 발행인은 직업이라기보다는 하나의 상태에 가깝다. 누군가 "지금 무슨 일을 하고 있나요?"라고 묻는다면 "뉴스레터를 보내고 있습니다"라고 대답할 수 있는 정도의 상태.

　공식적인 직업은 아니지만 시간을, 때로는 돈을 투자하는 일의 연속이므로 나는 뉴스레터를 중심으로 스스로를 설명할 수 있다. 그러나 지금 하고 있는 일을 전부 다 말하려 할 때면 듣는 사람의 시간을 빼앗는 건 아닐까 걱정하게 되고, 편의상 간결하게 말하면 부연 설명을 덧붙이고 싶은 욕구가 밀려든다. 내가 뉴스레터를 보내고 있다고 말하면 사람들은 조금 관심을 보이는데, 그렇다고 이 일을 유망직종으로 분류할 수 있는 것도 아니다. '뉴스레터 발행인이라는 상태'를 설명하기란 이토록 어렵다.

어쩌면 당신도 뉴스레터를 시작해보고 싶은데 이 판이 얼마나 커질지 확실하지 않다는 점 때문에 주저하고 있을 수도 있다. 소중한 시간과 에너지를 작고 근근이 굴러가는 생태계보다는 좀 더 크고 광대한 영역에 쏟고 싶은 건 당연하기에, 뉴스레터보다 더 시장성이 높은 채널이나 플랫폼을 찾아보고 있을 수도 있다. 그러나 아무리 여기저기 돌다리를 두드려봤자 "유망분야입니다"라는 답은 돌아오지 않을 확률이 높다. 그래서 나만의 기준을 마련했다. 인간의 촉과 감으로 할 수 있는 여지가 조금이라도 남아 있으면 유망분야로 쳐주자고.

생각의 전환을 가능하게 해준 건 12명의 여성 작가가 '로맨스가 중심이 아닌 여성의 이야기'를 주제로 엮은 《여명기》에 수록된 마노 작가의 만화 〈Teller〉였다. 인공지능 '텔러'는 희대의 인기작인 '판게아 시리즈'를 연재 중이다. 판게아 시리즈는 '인공지능이 썼다는 걸 모르는 상태로도 잘 읽히는 소설이라면, 대중이 인공지능을 진짜 작가로 인정할 수 있을까?'라는 의문에서 출발한 프로젝트다. 인공지능 텔러는 그동안 세상에 발표된 수많은 작품을 학습해서 대중에게 널리 읽힐 이야기를 창작하도록 설정되었다. 평소 블로그에 몇 편의 글을 쓰던 여은린이 대행 작가로 섭외된 상태다. 즉, 여은린은 실제로 소설을 쓰는 인공지능을 대신해 프로젝트를 진행하는 주최 측으로부터 대행비와 비밀유지금을 받는 조건으로 대중 앞에서 판게아 시리즈의 진짜 작가인 척한다.

이야기는 인공지능 텔러가 판게아 시리즈의 완결을 앞두고서 더 이상 작동하지 않게 되었을 때, 대행 작가인 여은린이 해결책을 찾아나가는 것으로 이어진다. 인공지능의 일을 다시 인간의 일로 가져오는 서사이니, 로봇과 AI에 일자리를 위협받던 사람들에게는 다소 통쾌한 복수극으로 읽힐 수도 있다.

위기 상황에서 무언가를 선택하고 대응해나가는 건 결국 사람이다. 전문 작가도 아니고 인공지능의 오류를 해결하는 전문가는 더더욱 아닌 보통 사람 여은린은 촉과 감, 경험에서 체득한 모든 것을 동원해 연재 중단된 시리즈를 완결시킨다. 이 만화의 결말이 당신의 마음에 들건, 들지 않건, 어쨌든 그는 해낸다. 그리고 나는 여은린을 보며 내가 할 수 있는 일이 어떤 것인지를 재확인했다. 사람은 입력된 값만 출력하는 기계가 할 수 없는 변칙 코스를 선택해 새로운 길을 만든다.

다시 출발점으로 돌아가보자. 사람들은 "너무 비장해지는 대신 가볍게 시작해라", "해보다가 아니면 말아도 된다"는 식의 막연한 조언을 한다. 그런 조언을 바탕으로 뉴스레터를 시작했다면 당연히 부침을 겪는다. 내가 즐거워하는 것들만 다루는데도 하나도 즐겁지 않은 순간이 온다. 약속한 시간을 넘기면서 뉴스레터 원고를 쓰고 있다보면 자신의 시간 관리 능력에 깊은 의구심이 생기기도 한다.

그러나 해보기 전에 알 수 없는 것 중 하나는 우리 주위를 '고유한 동료애'가 에워싸고 있다는 거다. 고유한 동료애는 직접 해보기를 선택한 일에 매주 좌절하는 사람들 사이에서 느껴지는 무언가다. 지금껏 직간접적으로 만나온 뉴스레터 발행인들은 같은 메시지를 더 잘 전달할 방법을 집요하게 고민하는 사람들이었다. 그들은 한 통의 뉴스레터를 발행하기 직전까지 엄청나게 노동집약적인 일을 한다. 〈스티비 2021 이메일 마케팅 리포트〉[*]에 따르면 뉴스레터 발행인들은 콘텐츠 기획 및 원고 작성에 4시간 15분, 디자인 및 편집에 3시간 17분, 발송 후 데이터 분석에 2시간 29분, 다음 발송을 위한 개선에 2시간 55분 등 이메일 한 통을 제작하고 발송하는 데 평균 총 12시간

56분을 쓴다고 한다.

여기서 더 줄일 수 있는 시간이 있을까? 내 경우는, '콘텐츠 기획 및 원고 작성'부터 몇 날 며칠을 쓰기 때문에 제작부터 발송까지 스물네 시간을 넘는 경우가 허다하다. 디자인 및 편집은 본문에 들어갈 이미지나 코너 디자인을 조금 손보거나, 연동해야 할 링크가 문제없이 걸려 있는지, 데스크톱이 아니라 모바일로 메일을 읽을 때 단락 구분이 가독성 좋게 되어 있는지 등을 확인하는 단계다. 아마 지난 3년간 유일하게 시간이 단축된 단계일 것이다. 지난 호의 오픈율, 클릭률을 체크하는 등 발송 후 데이터 분석이나 다음 발송을 위한 개선 고민은 늘 머릿속에서 진행 중이다.

뉴스레터 발행인들은 구독자에게 전하고 싶은 바를 온전히 전달하기 직전까지의 시간을 묵묵히 버텨내는 사람들이다. 서로 간에 공통점이 별로 없을지도 모르는 뉴스레터 발행인들 사이의 고유한 동료애는 여기서 생긴다.

그러니 만약 당신이 뉴스레터 보내는 일을 두고 망설이는 중이라면, 그런 동료애를 믿고 이 세계로 들어와보는 것을 추천한다. 미래가 보장되어서 하는 말은 아니지만.

• report.stibee.com/2021/

3부 얽매는 사람

리스크를 감수하는
프리랜서가 되겠다는 마음가짐
#류희수,《오래 해나가는 마음》*

이 책의 제목은 '콘텐츠 만드는 마음'이다. 무언가를 만들기 위해서는 많은 마음이 필요하고, 그 마음 중에서 품을 수 있는 것들을 고르고 우선순위를 정하는 마음가짐 역시 필요하다. 마음가짐의 사전적 정의는 '마음의 자세'다. 눈에 보이지 않지만 마음은 하루에도 몇 번씩 앉은 자세처럼 흐트러진다. 그래서 거듭 자세를 바로잡아야 한다. 8년 차 싱어송라이터 류희수의 에세이《오래 해나가는 마음》은 '음악과 창작의 태도'를 다룬다. 이 책을 읽는 내내 저자가 일하는 사람으로서 정체성을 지키

● 류희수,《오래 해나가는 마음》, 곰출판, 2021.

기 위해 마음의 자세를 교정하는 방식을 배우고 싶었다.

프리랜서가 된 직후에는 먼저 이 길을 걷고 있는 사람이 아닌, 에어프라이어를 롤 모델로 삼아보고 싶었다. 무엇이 투여되든 결국엔 먹을 만하게 만들어 내놓을 수 있는 에어프라이어가 21세기 프리랜서의 미래상을 보여주는 것 같았다. 실제로 일감을 받기 위해 "무엇이든 맡겨만 주시면"이라는 말을 자주 썼다. 꾸준한 수입원이 확보될 때까지는 이런 표현을 즐겨 써야 할 것만 같았다. 이것이 에어프라이어적인 자세라 생각해서였다. 나는 묘기를 부리듯 다양한 일을 하기 시작했는데, 가장 처음 한 일은 글쓰기였다. 마음 같아서는 무엇이든 다 쓸 수 있을 것 같았지만, 실은 어느 정도 분량의 글에 가장 편안함을 느끼는지 모르는 상태로 원고를 집필하는 일을 시작했다. 클라이언트가 자유 분량으로 일을 준 적은 없었다. 이미 매체별로 갖추어진 특성이 있기 때문이다. 우리는 특정 매체나 플랫폼을 분량으로 구분하여 인식하는 경우가 많다. "거기는 감칠맛 나게 짧아", "거기는 무지막지하게 길어"처럼 말이다.

곧이어 나는 1,000자(A4용지의 반이 조금 넘는 정도)부터 약 7,000자(A4용지 네 장 반)까지의 분량을 오가는 글을 동시에 써야만 하는 시기에 접어들었다. 정기적으로 짧은 분량과 긴 분량의 결과물을 내놓아야 했던 나는 운이 좋았던 셈이다. 덕분에 그동안 '쓰기'에 관해 가지고 있던 수많은 통념을 부수어버릴 수 있었다. 언젠가 꼭 한 번은 써먹고 싶었던 에피소드를 마무리 단락에 포함시켰는데, 지금껏 써놓은 글의 전체 메시지가 흐려져서 결국 덜어내야 했던 건 예사였다. 짧은 분량에 맞는 간결한 글을 완성했다고 생각했지만, 알고 보니 처음 읽는 사람에게는 무척이나 어렵게 쓰인 내용이어서 담당자로부터 모든 단락마다 부연 설명을 달아달라고 요청받은 적도 있다. 늘리고 줄이는 숱한 과정을 반복하면서 주어진 분량을 맞춰나가는 것이 내 일이었다. 경우에 따라서는 충분히 잘 된 요약까지 마무리로 덧붙여야 한 편의 글이 완성된다는 점을 배우기도 했다.

자기소개도 마찬가지다. "내가 살아온 걸 다 말하려면 책을 한 권 써야 한다"고 말하곤 하는 사람이 말하고자 하는 바를 어떻게 전달하고 있는지를 듣다보면, 그 사람의 전체 이야기가 하나도 궁금하지 않아지곤 한다. 그러니까 긴 내용에 궁금증을 유발하려면 그중 일부만을 다룬 짧은 분량 내에서도 얼마간은 설득력이 있어야 한다는 것이다. 만일 마이크를 잡고 내 이야기를 할 수 있는 무한한 시간이 주어진다고 해도, 실제로는 그렇게까지 많은 시간이 필요하지는 않다는 것을 이제는 안다.

《오래 해나가는 마음》을 보니, 분량 문제에 애를 먹는 건 싱어송라이터도 마찬가지인 듯했다. 저자는 처음 만나는 사람에게 "음악을 합니다"라고 하면, "음악만? 그럼 일은요?"라는 질문이 되돌아온다고 한다. 그는 데뷔 전후에 세일즈맨으로, 대형 서점에서 도서 진열·정리 파트타이머로 일했던 적이 있다. 현재도 꾸준히 음원 수익과 저작권료를 입금받는 그도, 월급을 받기 때문에 길게 설명할 필요가 없는 일을 해봤던 적이 있던 것이다.

그즈음부터 나는 예술가뿐만 아니라 누구나
자기 자신과 자기의 일에 대해 나름의 정의를 내릴
필요와 자격이 있다고 생각하게 되었다. 물론 정의라고
해서 반드시 뚜렷한 형태를 지녀야 하는 건 아니다.
뭔가를 확실히 느끼고 그 느낌을 믿는 것도 하나의
분명한 정의가 될 수 있다.*

'노래를 만드는 일(송라이팅 songwriting)'과 '노래를 부르는 일(싱잉 singing)', 그리고 그 모든 총체로서의 음악을 오래 해나가는 것이 그에게는 무엇보다 중요했다. 내가 하는 프리랜서의 일은 이런 분류로는 딱 나뉘어 떨어지지 않는다. 그러나 전혀 다른 분야에 있다고 여겼던 이의 일 설명을 보며 결국은 우리가 비슷한 일을 하고 있다는 느낌을 받았다.

> 싱어송라이터에게 효율이나 안정성 같은 개념은 그다지
> 중요하지 않다. 보다 중요한 것은 작고 제한적일지라도
> 오직 자신만의 세계를 착실히 일구어나가고 있다는 분명한
> 느낌, 실감이다. 따라서 그것을 최대화하는 것이
> 늘 작업의 1순위가 된다. 그런데 개인의 실감이
> 최대화된다는 건 '효율과 멀어진다' 또는 '리스크가
> 커진다'는 말과 같다. 개인이 가질 수 있는 시간과 기술에는
> 한계가 있기 때문이다. (…) 뚜렷한 실감을 얻을 수만
> 있다면 싱어송라이터는 언제든 비효율의 덫에 걸려들고
> 리스크를 짊어질 준비가 되어 있다.**

효율이나 안정성보다 더 중요한 가치가 있다는 믿음을
지니는 것. 그리고 그 사실로 인해 마음의 자세가 흐트러지지
않는 것. 이 두 가지는 혼자서 무언가를 만드는 나 역시 실감하

●   앞의 책, 15쪽.
●●   앞의 책, 46~47쪽.

는 바이다.

어쩌면 프리랜서가 리스크를 짊어질 준비가 되었는지를 살피는 건, '제주도를 차 없이 여행할 수 있는가'에 대답하는 일과도 같다. 몇 해 전, 아이슬란드에 차 없이 갈 계획이라고 했을 때 사람들은 너 나 할 것 없이 말했다. "이 김에 미뤄두었던 면허를 따두는 게 좋지 않겠어?" 사람들의 말은 틀림이 없었다. 그들은 직접 고생했거나, 고생한 사람들의 후기를 너무 많이 접해서 그런 이야기를 들려준 것이었다. 아이슬란드 지도를 보면 섬 전체를 노란색 띠가 둥그렇게 두르고 있는데, 노란색 띠로 표시된 1번 국도route 1는 '링로드Ring road'라고도 불린다. 관광객들은 주로 링로드를 따라 시계방향 또는 반시계방향 중 하나를 골라 '운전하며' 아이슬란드를 여행한다. 나는 차도 면허도 없어 어차피 내륙 곳곳을 둘러볼 수 없는 여행자였기에, 7박 8일 동안 조금 찌그러진 곡선을 만들며 갈 수 있는 만큼만 돌아다녔다.

직접 운전하지 않고 대중교통을 이용하는 여행자를 '뚜벅이'라고 부르는데, 이는 '발자국 소리를 뚜렷이 내며 걸어가는 소리가 나다'라는 의미의 '뚜벅이다'에서 비롯된 말이다. 뚜벅이 여행을 다녀오면 피로로 고생한다고들 하지만, 나는 '다시는 면허 없이 여행을 가지 않겠어!'라는 다짐을 하지 않았다. 여전히 뚜벅이로 어디로든 다닐 수 있다고 생각하기 때문이다. 운전을 할 줄 알면 더 많은 곳으로 편하게 이동할 가능성이 주어지겠지만, 운전을 할 줄 몰라도 그곳을 여행할 수 있다는 걸 안다. 그것이 내가 가지고 있는 여행자로서의 역량이다. 여행자금이 넉넉하다거나, 상시 동행 가능한 면허 보유자가 있는 것도 아니다. 떠난 후에 그저 집까지 무사히 돌아오면 그만이다. 이것이 바로 여행자로서든, 프리랜서로서든 안정적이거나 효율적이지 않아도 하는 일을 계속해나가기 위한 토대가 되어준다. 그러니 주변의 프리랜서를 걱정하지 않아도 된다. 요청하지 않은 조언도 정중히 사양한다. 그저 그들이 기꺼이 무언가를 감수하고자 하는 마음가짐을 당신이 응원해줬으면 좋겠다.

노년 창작자의 기분을 상상해보기
#테오도르 칼리파티데스, 《다시 쓸 수 있을까》*

해외에서 작업한 책이나 영화를 볼 때 원제를 살피는 오랜 버릇이 있다. 로버트 저메키스 감독의 영화 〈Contact〉는 발음을 그대로 살려 〈콘택트〉로, 드니 빌뇌브 감독의 〈Arrival〉은 〈컨택트〉로 국내 관객을 만났다. 왜 '어라이벌'이 아니라 '컨택트'란 말인가. 둘 다 우주를 배경으로 하는 SF 영화라는 공통점이 있어서 제목을 구별하려면 세심한 노력이 필요하다. 멜리사 맥카시 주연의 코미디 영화 〈Identity Thief〉가 어쩌다 〈내 인생을 훔친 사랑스러운 도둑녀〉라는 제목을 갖게 되었는지에 대해서는 아는 바가 없다. '도둑녀'라는 단어가 품은 께름칙함을 떠나, 세계 각국에서 문화예술작품을 번역하는 사람들이 처음 작품의 제목을 짓는 사람들만큼이나 어려움을 느끼리라고 짐작한다. 제목을 직역해서 어떠한 오해로부터 자유로워지는 것도, 의역을 통해 현지 독자·관객들의 정서를 만족시키는 것도 무엇 하나 쉽지 않을 테니 말이다. 가끔 그 어려운 일을 성공적으로 해낸 경우를 마주하기도 한다. 영화감독이자 저널리스트였던 노라 에프런의 마지막 에세이 원제는 《I Remember Nothing: And Other Reflections》인데 국내에 처음 출간될 때의 제목은 《철들면 버려야 할 판타지에 대하여》였고, 9년 후 개정판의 제목은 《내게는 수많은 실패작들이 있다》였다. 세 제목 모두 노라 에프런이 어떤 이야기를 들려주고 싶은지를 궁금하게 만드는 것은 물론이고, 본문과 제목이 적절하게 호응한다.

원제를 살펴보는 이유는 그저 궁금해서다. 그리고 아무도 궁금해하지 않을지도 모르는 것에 관심을 두다보면, 전혀 모르는 작가와의 조우도 가능해진다.

스위스 작가인 테오도르 칼리파티데스는 77세에 《Another Life》라는 제목의 에세이를 썼다. 나를 포함한 우리나라 독자들은 《다시 쓸 수 있을까》라는 제목으로 이 책을 만나게 됐다. 원

●　　테오도르 칼리파티데스, 《다시 쓸 수 있을까》, 신견식 옮김, 어크로스, 2019.

제만 보아서는 불규칙하고 충동적으로 살아왔던 지난날을 청산하고 요가나 명상에 푹 빠진 노년의 삶을 보여주지 않을까 싶다. 그러나 '다시 쓸 수 있을까'라는 우리말 제목은 아직 과거에 매인 듯한 인물의 심리를 암시한다.

1969년에 첫 소설을 발표한 노년 작가에 대해 알고 있는 정보라고는 그가 생애 얼마간 작가로서 성취를 이뤘다는 것뿐이었다. 그런 그가 젊었을 때만큼 글이 써지지 않아서 사로잡힌 쓸쓸함을 헤아리기 전에 먼저 살펴봐야 할 것이 있다. 그것은 바로 '잘나가던 소싯적의 기분'이다. 일상의 어떤 것이든 창작의 소재로 연결할 수 있는 감각, 눈앞의 작업을 하면서도 머릿속으로는 다음 작업을 굴리는 다작하는 능력, 이 일이 아닌 다른 일을 하는 스스로는 도무지 상상할 수 없는 데서 오는 자부심 같은 것들. 언젠가 그런 기분을 느꼈던 적이 있음에 대한 반향으로 '다시 쓸 수 있을까'라는 음울한 질문에 쓸쓸함을 느끼는 것일 테다. 나는 "이 정도면 됐어"라는 결심이 서는 마음은 무엇인지 또는 "나는 아직 현역 창작자야, 말리지 마"라고 세상을 향해 외치고 싶은 충동이 어떤 것인지 모른다. 모두의 기립박수 속에 공로상을 받는 노년의 창작자가 "어째서 내가 지금 공로상을 받아야 합니까?"라고 반문하고 싶은 마음 같은 것도 알 리가 없다. 어쩌면 내가 테오도르 생애의 절반 정도밖에 살지 않아서 그럴지도 모른다. 젊은 창작자가 관록 있는 노년 창작자를 만날 기회는 흔하지 않다. 게다가 운 좋게 실제로 만날 기회가 온대도 내가 그들 앞에서 한없이 가벼운 투정을 할까봐 두렵다. 노년의 창작자를 더듬어 상상만 해볼 뿐인 젊은 창작자가 그와 어떤 이야기를 공유할 수 있을지도 모르겠다. 상대는 "다시 쓸 수 있을까"라고 질문하는데, 나는 "어떻게 해야 잘 쓸 수 있을까"라고 묻고 싶을 테니 이 대화가 이어지기는 할까 싶다.

어느 날부터 글이 써지지 않았던 테오도르는 "나의 하루하루를 텍스트 주위에 엮는 것이 여전히 가능할까?"*라고 스스로에게 묻는다. 제법 차분해 보이지만, 실은 더 이상 대작 같은 건 만들어내지 못해도 좋으니 그저 해왔던 일 주변이라도 서성거리고 싶다는 마음이 엿보인다. 그는 40년 넘게 출근한 작업실에서 가만히 앉아 시간을 보낸다. 뭔가를 쓰고 싶지만 써지지 않는다. 지난 메모들을 뒤적이거나, 집필을 위한 장비를 바꾼다고 해결될 일이 아니다.

77세인 테오도르의 막막한 하루하루가 내 미래가 될 수

● 앞의 책, 13쪽.

있을지 상상해봤다. 그는 두 가지 사실을 알고 있다. 먼저 자신이 더 이상 글을 쓰지 않는대도 세상은 달라지지 않는다는 것. 두 번째는 자신이 오늘 밤 죽는다고 해도 세상은 달라지지 않는다는 것. 후자보다 전자에 더 슬픔을 느끼는 듯한 테오도르를 보며 '창작자의 노년'을 실감해본다. 죽음보다 글을 쓰지 않고 살아가는 '어나더 라이프'가 더 슬프단 말인가. 테오도르가 창작자로서의 삶을 그만두고, 삶을 더 편안하게 바라보는 법을 익히는 결말이었어도 하나도 이상하지 않을 것이다. 그러나 그는 그런 선택을 조금도 고려하지 않는다.

　책을 읽으며, 점점 경미한 우울이 번져오는 듯했다. 젊은 창작자로 살아가는 일에도 나름의 고충이 있는데, 은퇴를 목전에 둔 스웨덴 할아버지가 느끼는 쓸쓸함의 정체까지 알아가려 하니 슬픔을 가불해오는 듯한 기분마저 들었다. 산타를 믿지 않는 순간부터 젊은 창작자든 나이든 창작자든 모두 다 똑같이 어른이라지만, 우리는 다른 존재였다. 언젠가 경험하게 될지도 모를 일을 아직 경험하지 않았다는 사실로 말미암아 그와 나 사이를 깔끔하게 구분 짓고 싶었다. 내게는 아직 쓸 만한 구석이 있고, 이 쓰임새를 외부로 알릴 만한 에너지도 있다. 이 창작의 불씨를 꺼뜨리지 않기 위해 애쓴다. 어떤 일을 하고 싶은 마음과 그 일을 할 수 있다는 믿음이 멈추지 않고 타오를 수 있도록.

내가 그런 식으로 안위를 챙기는 사이, 테오도르는 저녁에 먹을 피스타치오를 사러 가게에 들렀다가 처음 보는 동년배를 만난다. 그는 가게 주인인 80대 할머니로, 테오도르 덕분에 나까지 그 사람의 멋진 여생 계획을 들어볼 수 있었다.

내가 백여덟 살이 될 때까지 여기를 지키고 있을 거니까요.
그러고 나서 백스무 살이 될 때까지 연금을 받아야
공평하겠죠. 그다음에는 온 세계를 여행할 거예요.
재미를 보기 위해서라기보다는 지구의 동서남북에서
무슨 냄새가 나는지 맡고 싶어서예요. 그러고 나면
흐뭇하게 죽음을 맞겠지요. *

동년배 노인과의 만남 이후, 창작의 불씨를 다시 피어오르게 하기 위해 이것저것 시도해보던 테오도르의 '어나더 라이프'는 이전과는 다른 방식으로 펼쳐진다. 그가 간절히 바라왔던 것처럼 또 다른 삶이 그를 텍스트 주위에 엮으면서 계속

* 앞의 책, 149~150쪽.

된다는 희소식이 들려오는 것이다. 그리고 테오도르가 극적인 평화를 되찾는 장면을 본 순간, 불현듯 테오도르와 나 사이 어딘가에 있는 창작자를 떠올렸다.

절필을 선언한 한 소설가의 마지막 인사말을 보았던 날이었다. 선언의 이유가 더 이상 쓸 수 있는 게 없어서, 창작자로서의 역량이 부족함을 느껴서는 아니었다. 때로 세상은 개인이 가장 잘하는 걸 그만두게 할 만큼 부조리한 면을 가졌다. 뒤틀린 문화예술계에 각성이 필요하다는 누군가의 목소리가 갖는 호소력이 그의 재능, 창작욕보다 앞섰던 것이다. 그런 용기를 가진 창작자가 다시 제자리로 돌아오는 날을 기다린다. 그러려면 세상이 어제보다는 나아져야 한다. 한 재능 있는 소설가의 절필 선언 이후 세상이 조금은 나아진 것 같냐는 물음 앞에서는, 젊은 창작자도 나이 든 창작자만큼이나 책임을 느낀다.

나의
창작 동료들에게
토베 얀손, 《페어플레이》

2021년 여름부터 한 권의 책을 읽고 그 책에서 연상되는 케이 팝을 소개하는 팟캐스트 〈두둠칫 스테이션〉을 진행하고 있다. 사실 이 팟캐스트는 'M세대 리스너와 Z세대 리스너의 케이팝 리뷰'를 뉴스레터 추가 코너로 편성하려던 일이 난항을 겪던 차에 탄생했다. 지난 반년을 두고 거칠게 통계를 내보자면, 팟 캐스트에 출연하는 게스트는 90퍼센트의 확률로 녹음 한 시 간 전에 처음 얼굴을 보는 사람들이었다. 비대면으로도 충분 히 친밀감 형성이 가능해진 시대의 덕이기도 하고, 친구 자체

●   토베 얀손, 《페어플레이》, 안미란 옮김, 민음사, 2021.

가 적은 인간관계 패턴 때문이기도 하다. 그중에서도, 유일한 지인 출신의 게스트 G.* 그는 6년째 정기적으로 독서 모임을 운영하고 있고, 내가 A4 다섯 장 정도로 작성해둔 스크립트를 여덟 장으로 만들 정도로 책을 꼼꼼하게 읽는 사람이다.

　　보통 책 한 권을 읽을 때마다 열 곡 정도의 케이팝 제목이 산발적으로 연상되곤 했던 나는, 모두가 이런 식으로 독서를 하는 줄 알았다. 책과 음악에서 비슷한 소재를 다루었다는 점 때문에 쉽고 직관적인 연결고리가 떠오를 때도 있고, 이야기 행간의 숨겨진 의미와 은유로 가득한 복잡한 노래 가사를 연결해보는 경우도 있다. 이를테면 2022년을 시작하며 G와 함께 읽기로 한 소설《페어플레이》의 제목을 본 순간 떠오른 노래는 EXO의 〈불공평해〉였다. 노래 속 화자가 상대방에게 공평하지 않다고 말하는 이유는 "너의 눈 너의 코 너의 입은 봐도 봐도 계속 예쁠 거니"라는 가사에 담겨 있다. 〈불공평해〉를 듣다보면 방탄소년단의 〈보조개〉도 떠오르는데, 상대방 얼굴의 보조개가 "천사가 남긴 실수"처럼 너무 예뻐서 '불법illegal'이라고 말하는 식의 곡이다. 하지만 토베 얀손의《페어플레이》는 외모지상주의 사회에 메시지를 던지는 소설이 아니므로 이 두 곡은 보류다.

《페어플레이》는 북유럽 항구 근처의 작은 섬마을에서 복도를 공유하며 각자의 작업공간에 살고 있는 두 여성의 이야기를 담았다. 짧은 이야기를 읽는 내내 어디선가 파도치는 소리와 뱃고동 소리가 들려오는 것만 같았다. 그곳은 고층 건물에서 별보다 환한 백열등을 켜둔 채로 일하는 사람들의 세계가 아닌, 작업에만 집중하며 여생을 보내기에 적합한 곳처럼 보인다. 주인공인 욘나와 마리는 글을 쓰고, 그림을 그리고, 사진과 영상을 찍는다. 분리된 각자의 공간에서 작업하기도 하고, 같은 작품을 두고 이야기를 나누기도 한다. 그들은 둘도 없는 동료다. 일하는 방식이나 성격이 아주 많이 다르긴 하지만.

두 사람의 성격 차이는 곳곳에서 드러난다. 욘나가 갈매기를 총으로 쏴버린 걸 본 마리는 화가 난 목소리로 욘나에게 새의 깃털을 뽑아서 가져가라고 말한다. 욘나는 이 깃털들을 모아 자신의 에칭 판화를 작업할 때 쓸 것이다. 그러나 마리는 생명을 희생하면서까지 완성해야 할 작품은 없다고 믿는 쪽이

● G는 2020년부터 뉴스레터 〈들불레터〉를 발행하고 있다. 주로 잘 알려지지 않은 여성 작가의 책을 발굴하거나, 여성 신인 작가의 출간 소식을 전하는 뉴스레터다. G는 2017년부터 시작된 독서 모임 '들불'을 더 큰 단위의 커뮤니티로 확장하고자 뉴스레터를 선택했다.

다. 판화를 위해 새의 깃털보다 더 나은 대체재를 찾을 의향도 있다. 날개가 부러진 갈매기에게 매일 음식을 줄 정도로 마리의 마음씨가 다정하기 때문이다. 그럼에도 불구하고, 새의 깃털을 모아서 욘나의 소중한 에칭 판화를 완성하는 것은 마리에게도 중요한 문제다.

두 사람이 다른 동네로 촬영을 떠났을 때의 일이다. 욘나는 8밀리미터 코니카 비디오카메라를 들고 있는데, 프레임에서 비켜선 마리는 여분의 필름을 잔뜩 들고 있다. 마리는 촬영 중 필름을 다 써버리는 타이밍에 정확히 맞춰 새 필름으로 교체해주기 위해 그날의 촬영감독 욘나 옆에 대기 중이다. 눈물겨운 어시스턴트 역할을 자처한 것이다. 그런데 한 번 더 장소를 이동해 수족관에서 돌고래를 바라보던 마리가 돌고래가 언제 뛸지 맞혀본다고 말하는 장면이 압권이다. 마리는 자신이 돌고래가 점프하는 타이밍을 절묘하게 포착함으로써 욘나가 필름을 낭비하지 않고 성공적인 컷을 더 많이 건지길 바라는 마음을 가지고 있다. 과연 마리가 언제 돌고래가 수면 바깥으로 나오는지에 대한 지식을 가지고 있었을까? 나는 함께 작업하는 동료를 향한 마리의 무모함이 섞인 애정을 실감할 수 없었다.

책을 읽는 내내 그리고 이 책을 다룰 팟캐스트의 스

크립트를 준비하면서, 나는 욘나에게 이끌렸다. 욘나는 마리가 의견을 물어볼 때마다 거침없이 자기 생각을 전했고, 서운하게 생각하지 말라고 자주 말하고는 했다. 그는 사람을 만나기보다는 차라리 책을 읽거나 영화를 보거나 음악을 듣는 편을 택했다. 취향의 스펙트럼도 넓어서, B급 무비 중에서 그나마 나은 B급을 골라낼 만한 감식안을 가지고 있기도 했다. 잡담을 싫어하고, 문제를 명료하게 바라보며, 완벽주의적 성향을 지닌 직업인은 내가 항상 갈망하던 모습 그 자체였다. 욘나는 '건강한 냉정함'이 답일 때가 있다고 믿는 사람인데, 그것은 차갑다기보다는 적정 온도의 또 다른 이름처럼 보였다.

《페어플레이》바깥의 두 사람이 소설 속 두 사람을 두고 대화를 나누다보니 기이한 차이점을 발견할 수 있었다. 나는 '마리를 힘들어하는 욘나'에 가까웠다. 마리를 닮은 사람이 내 곁에 있다면 고맙겠지만 그에게 꼭 이런 말을 해주고 싶었다. 동료를 완벽하게 내조하는 데 쓸 시간을 이제는 자기 작품에 투자하는 게 좋지 않겠느냐고. 한편 G는 자신이 '욘나가 되고 싶은 마리' 같다고 했다. 욘나가 자기 일에 가지고 있는 확신이 부럽다는 것이었다.

마리 같은 사람을 힘들어한다고 했던 건, 그간 다른 얼굴을 한 마리들을 많이 만나왔다고 생각하기 때문이다. 가끔은 내가 마주한 사람들이 온통 마리 같았다. 상대에게 서운해하지 말라는 말을 무심히 건네고, 묻지도 않은 조언을 해주던 무수한 날들이 스쳐 간다. 언젠가부터 근거리에 (마리일 확률이 높을) 사람을 두는 대신, 혼자서 할 일을 하는 게 더 낫다는 생각이 들었다.

하지만 그편이 더 낫게 느껴지더라도 어떤 일을 완벽히 혼자서 해내는 경우는 없다. 그래서 앞으로 누군가에게 좋은 협업 상대가 되기 위해, 30대가 되어 일로 처음 만나 불편하지 않을 정도로 격식을 차리며 여러 번 합을 맞춰본 G 같은 사람과 어떻게 동료 관계를 유지해나갈 수 있을지 고민하게 된다.

나는 《페어플레이》의 〈두둠칫 스테이션〉 선정곡을 싱어송라이터이자 프로듀서인 수민과 프로듀서·비트메이커·DJ 등 다방면으로 활동하고 있는 슬롬이 협업해 발표한 '수민 & 슬롬'의 첫 앨범에서 골랐다. 한 인터뷰*에 따르면 두 사람은 각자 성향이나 음악에 대한 접근 방식은 정말 다르지만, 결과적으로는 항상 같은 것에 흥미를 느끼는 사이라고 한다. 게다가 정확히 5:5의 비율로 이 앨범을 작업했다고도 한다. 나 역시 이렇듯 함께 멋진 걸 만들어내고, 결과물에 대한 기여도를 명확하게 밝히면서, 내내 적당한 거리를 두고 서로의 방식을 존중하는 누군가를 만나고 싶다. 한편 G는 절친한 동갑내기 지인이었다가 같은 목표를 가지고 듀오를 이룬 가수 옥상달빛의 노래 중 한 곡을 골랐다. 줄곧 청춘을 위로하는 음악을 들려주던 그들은 듀오로 성실하게 활동을 이어오다가, 데뷔 9년 차부터 각자 솔로 앨범을 발매하면서 자신을 더욱 잘 드러내는 음악을 들려주고 있다. 매일 밤 10시부터 12시까지 MBC 라디오 〈푸른밤, 옥상달빛입니다〉를 함께 진행하며 서로가 아는 서로에 대한 이야기를 끊임없이 나눈다. 두 사람은 모든 활동을 함께하는 동료이자 가장 가까운 친구다.

그러니까 G와 나는 같은 걸 읽고서 비슷한 듯 다른 사람들을 떠올렸다. 눈앞에 있는 동료가 소개하는 노래를 들으며, 나는 어떤 동료가 될 수 있는지 생각해보는 날이었다.

● 　문소리, "수민&슬롬 인터뷰 "저 진짜 귀엽고 찌질하고 곤란하지 않아요?"", 〈아이즈매거진〉, 2021.09.18.

소셜미디어가
일이 될 때

지난날 내 커리어의 대부분을 브랜드나 서비스의 소셜미디어 담당자로 일하면서 쌓았다. 채용공고 사이트에서 접하게 되는 'SNS 마케터', '온라인 콘텐츠 기획 담당자', '온라인 홍보 마케팅 관리자'는 표현은 조금씩 다르지만 결국 같은 일을 하는 사람들이다. 이들에게 요구되는 역량은 범법을 일삼지 않는 선에서 우리 것을 더 많은 사람에게 알리는 능력이다. 잠시 마케팅 용어를 빌려오자면, 나는 '인게이지먼트engagement(게시물을 보는 사람의 참여도)'와 '리텐션retention(더 많은 사람의 재방문)'이라는 용어가 세상에 있다는 사실을 알지도 못했던 때부터 이 일을 해왔다. 어렸을 때부터 일정 시간을 온라인에서 보낸 사람은 이런 일을 할 수 있는 어른이 되는 걸까. 한때

'쥔장'이나 '계자'*라고도 불렸던 사람이 '담당자'가 된다는 것이, 늘 해왔던 일을 비로소 돈을 받고 하게 되었다는 뿌듯함과 더불어 묘한 여운을 남긴다.

넷플릭스 오리지널 시리즈 〈에밀리, 파리에 가다〉의 배경은 제목에 드러나 있듯 파리가 분명하지만, 동시에 낭만의 도시라는 이미지가 끊임없이 재생산되는 '소셜미디어 피드 속의 파리'이기도 하다. 미국에서 온라인 마케팅을 담당하던 에밀리는 어느 날 자사가 매각하는 프랑스 회사 '사부아르'에 본사 직원 자격으로 파견된다. 그런데 그가 만나는 프랑스인들은 소위 '아메리칸 감성'에 매력을 느끼지 못하는 듯하다. 그들은 미국인이 제안하는 소셜미디어 전략이라면 일단 탐탁지 않게 여긴다. 이처럼 은근한 텃세를 버텨야 되기는 하지만, 파리에 온 스스로가 믿기지 않는 시카고 출신의 에밀리는 어느덧 '파리에서 일하는 나'까지 사랑해버리기 시작한다. 도착한 첫날 에밀리가 가장 먼저 하는 일은 앞으로 살게 될 전망 좋은 방에서 셀카를 찍는 것이고, 두 번째로 하는 일은 자신의 인스타

●   '쥔장'은 90년대에 온라인 카페 및 커뮤니티를 개설한 사람을 이르는 '주인장'의 준말이고, '계자'는 '관계자'를 친근하게 부르는 말이다.

그램 계정명을 '@emilycooper'에서 '@emilyinparis'로 변경하는 것이다. 신분증처럼 이름만 적혀 있던 정직한 아이디가 언제라도 새로운 도시에서의 일상을 낱낱이 공유하겠다는 기세를 담은 보여주기식 아이디로 바뀐다. 여기까지가 드라마 시작 칠 분 만에 벌어지는 일이다. 파리에 도착한 첫날 단 48명이던 에밀리의 인스타그램 팔로워가 드라마가 끝날 즈음에는 과연 몇 명이 되어 있을까?

나는 소셜미디어의 편향된 알고리즘을 비롯한 관심경제·중독의 문제를 짚는 기사나 다큐멘터리를 빠짐없이 챙겨보면서 경각심을 충전하곤 한다. 그러나 경각심을 오래 유지하는 능력은 부족하다. 이런 식으로 '소셜하게' 사는 것이 무섭다가도, 금방 잊어버리고 늘 하던 대로 '소셜한' 삶으로 되돌아오고는 한다. 〈에밀리, 파리에 가다〉를 보면서 에밀리 인스타그램 계정의 최종 팔로워 수를 궁금해하는 모습도 내 일부분이다. 원론적으로 모든 드라마가 주인공의 삶을 대리체험하게 해주는 수단이라는 점에서, 이 드라마를 보는 내내 느꼈던 기시감이 어디서 생겨났는지도 알 수 있었다. 그즈음의 나는 하는 일이 달라져 더 이상 회사의 소셜미디어 계정을 관리하지 않긴 했지만 말이다.

그래서 나는 스스로가 조금 고약하게 느껴지긴 했

만, 에밀리가 몇 번이나 인스타그램 게시물을 올리는지 세어 보기로 했다. 더 이상 비슷한 일을 하고 있지 않으니, 객관적인 시선으로 소셜미디어 담당자의 삶을 살펴보는 재미가 있을 것 같아서였다. 1화에서 에밀리는 이사한 집의 창밖으로 펼쳐지는 전경을 담을 때, 빵집에서 버터와 초콜릿의 조화가 훌륭한 빵을 사 먹을 때, 길거리 쪽으로 테이블과 의자가 놓인 카페테라스에 앉아 있을 때, 분수대 주변을 뛰어다니는 어린아이들을 볼 때 등 총 네 번의 포스팅을 한다. 모든 짐을 싸 들고 파리에 왔지만, 아직은 다른 여행자들과 별다를 것 없는 시선이다. 1화가 끝날 때 에밀리의 팔로워는 230명이 되어 있다.

2화부터는 포스팅 횟수가 잦아진다. 조깅을 하다가 조각상을 마주쳤을 때, 벼룩시장에 가서 세상에 존재하는 모든 종류의 치즈를 마주했을 때, 가게 주인이 그녀가 건넨 서툰 프랑스어 인사 '봉주르'를 받아주어 감격했을 때마다 사진과 함께 해시태그를 곁들인 게시물이 올라온다. 에밀리는 비가 오는 날에는 '파리가 운다'라는 다소 감성적인 멘트도 잊지 않는다. 여기까지는 드라마에서 파리에 놀러 간 '인스타 친구'를 보는 느낌이 드는 것도 사실이다. 무언가를 단지 두 눈에만 담기보다는 스마트폰 렌즈에도 담기로 하는 건 에밀리의 선택이고, 사람들은 파리를 누비는 '인친'을 내심 부러워하며 '좋아요'를 누른다. 그렇게 2화가 끝날 즈음 에밀리의 팔로워는 어느 덧 5,811명이 되어 있다.

인스타그램은 팔로워 수가 1,000명이 넘으면 K 표기법을 택한다(1,000명부터는 1K로, 1만 명부터는 10K 라고 표기). 4화에서 에밀리의 팔로워는 무려 10.4K가 되는데, 팔로워가 급증하게 된 주요 사건이 있다. 에밀리가 인스타 계정을 두고 기지를 발휘하는 건 당연히 그의 '일' 덕분이다. 에밀리는 파리에 놀러 온 게 아니라 일을 하러 왔다. 그가 고객사의 여성청결용품을 홍보하기 위해 올린 포스팅은 많은 사람에게 호응을 얻었고, 극 중 대통령의 부인인 브리지트 마크롱 여사도 이에 감응하여 에밀리의 포스팅을 자신의 소셜미디어 계정에 공유한다. 다소 인지도가 낮았던 고객사의 제품을 세상에 널리 알림으로써, 에밀리는 새로운 회사에서 소셜미디어 담당자로서의 역량을 처음으로 인정받는다. 그즈음부터 에밀리가 인스타그램을 얼마나 잦은 빈도로 이용하는지에 대한 셈을 그만두기로 했다. 그 후로도 크고 작은 성취가 이어지고 10부작인 시즌1이 끝날 때 즈음 '@emilyinparis' 계정은 25K의 팔로워와 함께, 한 번 게시물을 올릴 때마다 '좋아요' 800개 정도는 거뜬하게 받을 정도로 자라난다.

에밀리는 소셜미디어로 생계를 유지하는 동시에 그

에 일상이 저당 잡힌 캐릭터다. 그의 삶은 언젠가의 내 삶과 맞닿은 부분이 있다. 카페테라스에 앉아 있는 에밀리는 언제나 노트북과 스마트폰을 동시에 본다. 그는 같은 게시물이라 할지라도 PC 버전과 모바일 버전이 어떻게 다르게 보이는지를 두루 신경 쓰는 사람일 것이다. 아니면 하나의 기기로는 게시물을 수정하면서 또 다른 기기로는 고객 반응을 살펴보고 있는 것일 수도 있다. 어디에서나 손바닥 위의 스마트폰으로 일할 수 있다는 것은 여러 정체성 중 '일하는 사람'을 가장 큰 비중으로 만들어버린다.

소셜미디어 담당자로 사는 동안 배운 것들을 헤아려본다. 먼저 소셜미디어에서 발생한 돌발상황을 '정규 업무 시간' 내에 수습하기 어렵다는 점을 배웠다. 특정 계정의 알림 기능을 꺼놓을 수도 있지만, 알림을 꺼놓은 계정을 굳이 헤집고 들어가 어떤 일이 벌어지고 있는지(또는 아무 일도 벌어지지 않았는지) 확인한 후에야 마음이 놓인다. 게다가 회사 밖에서는 '내 소셜 라이프'에만 충실하자는 다짐을 한 후에도 곤혹스러운 순간을 마주하게 되곤 한다. 개인 계정에서 알고 지내는 친구가 우리 회사 서비스의 이용 후기를 쓰고, 방심하고 있던 내가 그 내용을 읽게 되면서 노동 회로를 돌리는 일은 얼마든지 벌어진다. 온라인에 접속해 있는 이상, 소속을 잊을 만큼 충분히 안전한 시간대는 없다. 그다음으로는 아무도 시키지 않았음에도 이해관계자나 언젠가 같이 일하게 될 잠재적 협업 대상자의 소셜미디어 모니터링이 스물네 시간 내내 가능하다는 점을 배웠다.

두 '배움'의 공통점은 내가 하는 일이 한정된 시간의 속성과 얽혀 있다는 점과 관련이 있다. 항상 내가 속한 생태계의 흐름을 파악할 수 있다는 것(혹은 파악해야 한다는 것)과 언제나 위기에 대응하는 사람이 될 수 있다는 것 (혹은 되어야 한다는 것). 나는 그런 감각을 좋아하는 동시에 싫어했다.

그런 경험이 누적되면 걸어 다니는 소셜미디어 계정이 되어버린다. 퇴근 후에도 스마트폰을 손에서 놓지 못하는 나를 보며 "퇴근했으면 이제 신경 끄고 그냥 즐겨"라고 말하는 타 업계 친구들이 있었다. 그 말을 듣고 스마트폰을 뒤집어놓았지만 마음이 편해지지는 않았다. 이 일에 푹 빠져 있을 때의 나는 약속을 마치고 만취해 집에 돌아가면서도 회사의 소셜미디어 계정에 지난 두세 시간 동안 별다른 문제는 없었는지 확인하고는 했다. 여전히 소셜미디어를 활용하고 있지만, 지금의 나는 그렇게까지 모든 순간에 모든 것과 연결되는 방식으로 일하지는 않는다. 그리고 지금과 달랐던 언젠가의 나를 떠올려보고는 한다. 부디 일 때문에 소셜미디어를 이용하는 사람들이 지금보다 더 많은 팔로워보다는 더 단단한 균형감을 얻을 수 있으면 좋겠다. 이건 나 자신을 위해 하는 말이기도 하다.

모두에게는
자신만의 무대가 있다
#니시카와 미와,
《야구에도 3번의 기회가 있다는데》*

세상에는 엄청나게 다양한 스포츠가 있다. 올림픽은 그 목록을 한눈에 확인할 수 있는 자리다. 2020 도쿄올림픽에서는 서핑·스케이트보드·가라테·스포츠클라이밍이 정식 종목으로 채택되어 총 33개 종목에서 경기가 치러졌다. 2024 파리올림픽에서는 브레이크댄싱을 정식 경기로 볼 수 있다고 한다. 추가되는 종목이 있다면 더 이상 볼 수 없는 종목, 올림픽 입성을 노렸으나 실패한 종목도 있기 마련이다. 패러글라이딩은 선수들이 민가에 착지하는 일이 많다는 이유로, 낚시는 실력이 아니라 운이 크게 작용한다는 이유로 올림픽 종목에서 제외되었다.

2022년 초에 베이징 동계올림픽을 보면서 영화감독 니시카와 미와를 자주 떠올렸다. 《야구에도 3번의 기회가 있다는데》는 인생의 대소사를 스포츠에 빗대서 풀어낸 산문집이다. 제목처럼 야구 얘기만 하는 건 아니다. 니시카와는 세부 규칙이나 승패에 집착하는 관중은 아니었다. 그는 선수들이 일생일대의 경기에 임할 때의 표정이라든가 기록을 경신한 후의 인터뷰 같은 것에 주목한다. 특정한 구단이나 선수를 응원하는 것도 아니어서 어느 정도의 객관성도 갖추고 있다. "내가 보면 우리 팀이 져"라는 비과학적인 이유로 모든 스포츠 중계로부터 자신을 단절시켜버리는 사람도 있는 데 반해, 그는 스포츠 경기에서 인생의 진리를 신기할 정도로 자주 포착해낸다.

니시카와 미와의 이름은 영화 〈아주 긴 변명〉으로 처음 알게 되었다. 영화는 불의의 사고로 죽은 아내 나츠고를 마땅히 애도해야 하는데도, 어쩐지 진심으로 애도가 되지 않는 자신을 살펴보는 과정에서 삶을 더 진실하게 대하게 되는 사치오의 이야기를 담았다. 니시카와는 먼저 동명의 소설을 쓰고, 원작 소설을 기반으로 영화를 만들었다. 그는 영화감독의 일에 대한 산문만 총 세 권을 펴냈는데(《고독한 직업》,《료칸에서

● 니시카와 미와,《야구에도 3번의 기회가 있다는데》, 이지수 옮김, 마음산책, 2021.

바닷소리 들으며 시나리오를 씁니다》,《야구에도 3번의 기회가 있다는데》), 이 책은 3부작의 가장 마지막 편이다.

의외였던 건, 리우올림픽을 앞두고서 자신도 4년 만에 신작을 완성했다며 운을 떼는 챕터에서 느껴지는 기묘한 분위기였다. 그 후로도 책의 곳곳에 그가 올림픽처럼 4년 주기로 세상에 작품을 내놓는 자신을 멋쩍게 표현한 부분이 나온다. 문득 궁금해져서 지난 이력을 살펴보니, 고레에다 히로카즈 감독의 영화 〈원더풀 라이프〉에 스태프로 참여하면서 영화 일을 시작한 그는 2002년 〈산딸기〉에서 감독으로 데뷔한 후 꼭 4년 뒤인 2006년에 〈유레루〉를 발표했다. 2006년에서 2012년 사이에는 비교적 꾸준히 작품활동을 했지만, 2012년 〈꿈팔이 부부 사기단〉, 2016년 〈아주 긴 변명〉, 2020년 〈멋진 세계〉까지 최근에는 또다시 4년 주기로 신작을 발표하고 있다. 그가 게으른 영화감독이라는 생각은 전혀 들지 않지만, 정작 본인은 조금 더 잦은 주기로 작품을 완성하지 못하는 상황을 조급하게 여기는 듯했다.

올림픽은 운동선수에게는 '일생일대의 시간', 관중에게는 '극적인 드라마가 펼쳐질 시간'이라는 이미지가 각인되어 있다. 매달·매해 있는 일이 아니라서, 올림픽이 희소성을 가진 이벤트여서 그런 이미지가 만들어진 것 같다. 그래서였을까? 니시카와의 책을 읽은 나는 올림픽을 맞이할 때마다 누군가는 '일하는 나'에 대해 주기적으로 곱씹고 있다는 게 놀라웠다. 나는 4년에 한 번씩 무언가를 만들어내는 식으로 일해본 적이 없고, 앞으로도 없을 것이다. 그렇기 때문에 누군가를 오래 기다리게 할 만한 가치가 있을 정도로 탁월한 대작을 만들 것이 아니라면 '더 자주, 더 빠른 속도로 다작을 해야 하는 게 아닐까'라는 생각을 할 때가 있다. 정도의 차이는 있더라도, 니시카와 역시 비슷한 자기검열을 하고 있는 게 아닐까 싶다.

아무튼, 나도 언젠가부터 베이징 동계올림픽을 니시카와의 시선을 빌려 바라보게 되었다. 승패를 따지지 않고 보니 경기를 마친 선수의 복잡미묘한 표정, 세리머니, 손발의 움직임 하나하나가 달리 보였다. 나로서는 이 경기를 마치기 전까지 4년간 준비해온 선수들의 심경을 당연히 짐작하기 어려웠다. 큰 부상을 당한 선수는 4년 중 절반에 가까운 시간을 재활과정에 쓰기도 한다. 그럼에도 기록 단축 또는 경신에 주어진 무대는 단 한 번뿐인데다가 전 세계인이 보고 있다는 중압감도 더해진다.

그런가 하면 비인기 종목에 묵묵히 출전하는 선수들도 있다. 관중이 경기장을 가득 채우는 종목이 아니라고 해서, 방송국이 중계하지 않는다고 해서, 이름 모를 종목에 출전한 선수들이 들인 노력을 작고 사소하게 볼 수는 없는 일이다. 모든 운동선수가 가장 큰 경쟁자는 자기 자신이라고 말하지만, 올림픽에 출전했다는 것 자체가 관중의 응원이 필요함을 의미하지 않을까? 그렇게 생각해보면, 선수들의 무거운 어깨를 가볍게 해줄 응원 한마디를 해주고 싶어진다. 비인기 종목을 향한 더 많은 관심이 더 좋은 훈련 환경을 조성하는 것으로 이어지기도 하니 말이다. 0.01초 차이로 등수가 갈리기도 하는 극한의 경쟁 속에서 수년간 몸으로 익혀온 움직임을 치밀한 전략에 맞춰 선보이는 선수들을 볼 때면, 무언가 정말 대단한 일이 벌어지고 있다는 감동이 몰려온다.

올림픽에 출전한 국가대표 선수들처럼 4년에 한 번씩 스스로를 입증해야 하는 무대에 오르지 않는 나는, 많은 사람을 들었다 놨다 할 종류의 일이나 그 정도로 부담과 압박이 무거운 일은 애초에 하지 않는다. 그렇다고 해서 내가 가지고 있는 의무나 책임이 가볍다는 것은 아니다. 국가를 대표하는 것까지는 아니어도, 다른 신예 선수나 동료들로부터 내 성취가 따라잡힐 수 있다는 마음의 준비를 언제나 하고 있어야 하는 것까지는 아니어도, 나도 내가 하는 일로부터 늘 고유한 무게감을 느낀다. 모두에게는 자신만의 무대가 있다. 올림픽의 '관중'이 일상에서는 선수들과 다를 바 없이 자기 일에 성실하게 임하는 이유는 여기에 있을 것이다. 적당히 버겁고, 적당히 부담을 느끼기도 하지만 우리는 우리의 일을 한다.

한편 니시카와 미와의 산문 3부작은 한 명의 번역가를 통해 국내에 소개되었다. 역자는 무라카미 하루키의 작품을 누구의 중개도 없이 원서로 읽고 싶어서 일본어 번역가가 되었다고 한다.* 가끔가다 조급하거나 초조한 모습을 보이기도 했던 니시카와 미와의 글은 처음부터 끝까지 대체로 산뜻했다. '내가 이번 생애 아무리 일에 대해 고민해도 니시카와처럼 산뜻한 글을 쓸 수 없겠지'라는 기분 좋은 체념을 느낀 데는 이지수 번역가의 공이 크다.

● 이지수, 《아무튼, 하루키》, 제철소, 2020.

몸에 맞지 않는 옷을 입고 일해야 한다면
#MBC 드라마, 〈미치지 않고서야〉

"역시 사람은 기술을 배워야 한다"는 말은 누군가와 먹고 사는 이야기를 나눌 때마다 꼭 튀어나온다. 그동안 나는 프론트엔드 및 백엔드 개발자·포토그래퍼·영상 프로듀서들과 일할 기회가 있었는데, 프로젝트를 무탈히 마치고 돌아오는 길에는 늘 이상한 여운이 남았다. 기술을 가진 이들이 나 같은 사무직 노동자 머릿속에 있는 모호한 안개를 걷어내고 믿을 구석을 마련해줄 때가 많았기 때문이다. 앞으로도 결정적인 순간에 그들의 도움이 필요해지는 때가 또 있을 거라 예감했다. 내가 '기술을 배우려면 아직 늦지 않았지만, 그럼에도 배우지 않고 있는 사람'이기 때문이다.

그런데 기술이 언제까지고 믿을 구석이 아닐 수도

있다는 생각을 MBC 드라마 〈미치지 않고서야〉를 보면서 하게 됐다. 이 드라마의 공식 소개 문구는 "격변하는 직장 속에서 살아남기 위해 몸부림치는 n년 차 직장인들의 치열한 생존기를 그린 드라마"다. 극 중 배경이 되는 회사는 청소기·세탁기 등을 제조하는 한명전자로 크게 개발팀·상품기획팀·인사팀으로 구성되어 있다. 어느 날 22년 차 하드웨어 개발자 최반석 수석은 돌연 인사팀 소속의 인사부장으로 부서 이동을 당한다. 최반석은 연차로 따지면 부장이기는 하지만 인사팀의 입장에서는 완벽하게 신입이다. 동종 분야의 경력을 가졌지만 경력단절 시기를 거쳤다거나, 연봉을 낮추는 방식으로 새로운 조직에 진입하는 '경력직 신입'과도 차원이 다르다. 인사팀은 20년간 한 회사를 다닌 인사팀장 당자영을 중심으로 대리, 사원이 각각 날개 역할을 하는 소수정예 팀이었다. 그러나 최반석의 입성을 계기로 팀의 조화는 깨진다. 그 안에서 일하는 이들에게는 서로 괴로운 일이겠으나, 당자영과 최반석이 대립과 연대를 교차하면서 생존의 이야기를 그려나가는 드라마의 재미는 상당하다.

　〈미치지 않고서야〉는 모회사가 매각을 결정한 격변의 시기에 정리해고 대상자를 선별하고 그들을 군소리 없이 정리하는 임무를 수행하는 인사팀 사람들의 면담 과정을 보여주면서 시작된다. 애석하게도 근속 20년 이상의 부장·팀장급은 희망퇴직자 대상에 1순위로 오른다. 모두 잘리지 않기 위해 애쓴다. 회사에 붙어 있기 위해 온갖 실랑이를 벌이던 노병국 팀장은 당자영을 향해 "당 팀장도 나 같은 놈 자르느라 고생 많으셨습니다"라는 말을 마지막으로 남기고 떠난다. 사측의 기준에 따라 직원을 해고하는 일은 당자영이 당연히 해야 하는 일이다. 그러나 소정의 희망퇴직금을 받는 조건으로 오랫동안 일한 회사를 떠나간 이들의 저주를 거듭 받아서였을까? 극 후반, 당자영은 상품기획팀으로 발령이 나는 수모를 겪는다. 입장이 바뀐 당자영은 언젠가 인사팀에 첫출근했던 최반석만큼이나 자신의 운명에 아찔해지지만, 어떻게든 주어진 상황에 적응해보려 한다. 그러나 개발자와 기획자로만 구성된 회의에 동석해서 전혀 모르는 용어들로 가득한 회의록을 받아 적고 나온 날에는 그 희망마저 무너진다.

아무리 일을 오래 했어도, 울타리를 몇 발자국만 벗어나면 전혀 모르는 언어로 이루어진 미지의 세계가 펼쳐진다. 하드웨어 개발자가 인사팀으로 가는 것이나, 인사팀장이 상품기획팀으로 가는 것은 상상만으로도 괴로운 일이다. 물론 자발적인 필요에 의해 부서 내 이동이나 전직을 희망하고, 목표를 이루어내는 사람들도 있다. 하지만 멀쩡하게 자기 일에서 성과를 내던 사람이 다른 분야에서 원래 하던 만큼 해내기는 어렵다. 게다가 당자영과 최반석은 20년 이상 같은 일을 해왔기 때문에, 새로운 환경과 새로운 사람들 사이에서 끊임없이 자신의 '무능함'을 마주할 수밖에 없다. 내 인생과는 전혀 무관할 줄 알았던 부서에 급하게 발령되는 방식으로 몸에 맞지 않는 옷을 입은 두 사람은, 잠시간의 정신 없는 적응기를 거친 뒤 각자의 방식대로 최선의 선택을 해나간다. 여전히 월급을 받으면서 말이다. 만일 내가 내 의사와 전혀 무관한 타 부서에 발령되었다면 어땠을까? '미치지 않을' 도리가 없었을 것이다.

최반석의 인사팀 출근 첫날로 돌아와보자. 인사팀장이 그에게 처음으로 요청한 일은 사내 생일자들에게 케이크를 배달하는 일이다. 극 중 한명전자가 대기업이다보니 그달에 생일을 맞이한 사람이 한두 명이 아니다. 최반석은 무슨 이런 일을 시키냐며 투덜거리는 표정으로 언뜻 보기에도 수십 개는 돼 보이는 케이크를 끌차를 끌고 다니면서 일일이 생일자가 소속된 부서에 가져다준다.

직원에게 생일 케이크를 선물하는 것이 사내 복지 정책의 일환이라면, 어떤 케이크를 고를지는 인사팀 직원이 하는 중요한 업무 중 하나가 된다. 생일 당사자의 취향을 만족시키는 것도 중요하다. 하지만 조직 내에서 여러 사람이 한 조각씩 나누어 먹을 것을 고려한다면 기준이 달라진다. 이를테면 블루베리 쉬폰 위에 블루베리 크림을 얹고 생블루베리로 가니쉬를 얹은 '블루베리만 있는 케이크'보다는 '블루베리도 들어간 생크림 케이크'를 고르는 게 더 적절한 선택이다. 누군가는 블루베리를 싫어할 수도 있기 때문이다. 그러나 모든 상황에 통하는 정답은 없다. 때에 따라 다양한 요소와 입맛 그리고 경우의 수를 고려하여 누군가가 최종 결정을 내릴 수 있을 뿐이다. 그러니까 같이 일하는 사람을 위한 케이크를 고르는 건, 그저 촉과 센스의 문제가 아니라 끊임없이 배워야 하는 '기술'의 문제다.

　사내 생일자를 위해 잠시 모여서 촛불에 불을 붙이고 적당한 서프라이즈의 타이밍이 지나면, 누군가는 케이크를 균등하게 자르고, 누군가는 사내 비품함으로 가서 포크와 접시를 인원수에 맞게 챙겨오고, 누군가는 그 틈에 사진을 찍는다. 물론 가만히 자리에 앉아서 케이크를 받아먹기만 하면서 맛에 대해 이러쿵저러쿵 늘어놓기까지 하는 사람도 있다. 이따금 회사 사람들과 케이크를 나누어 먹을 때면, 세상에는 무척 다양한 사람들이 있고 그만큼이나 다양한 케이크 취향이 있음을 알게 된다. 드라마에는 나오지 않았지만, 만일 최반석에게 그다음 달의 생일 행사를 위해 케이크를 고르는 업무가 주어졌다면 그가 어떤 선택을 했을지 궁금하다. 그런 걸 고민하고 있는 자신의 모습을 이전보다 조금은 익숙하게 느꼈을지도 마찬가지로 궁금해진다.

우리는 일뿐만 아니라 삶의 다양한 영역에서 종종 '경력직 신입' 처지가 된 듯한 기분을 느낀다. 오랜 경력으로 '노하우를 쌓은 사람'이 어떤 분기점을 맞이하면 그저 '같은 걸 오래하기만 한 사람'이 되기도 한다. 드라마 〈미치지 않고서야〉 속 인물들이 갑작스러운 부서 이동으로 분기점을 맞은 것처럼, 우리도 예기치 못한 우여곡절의 순간을 맞이할 수 있다. 공자는 누군가의 스승이 될 자격으로 '옛것을 익히고 그것에 미루어서 새것을 안다'는 뜻의 온고지신溫故知新을 꼽았다. 이 말은 우리 자신의 가치를 확인하는 데도 적용될 수 있다. 믿을 만한 기술을 가지지 않았어도, 우리에게는 이미 생활을 통해 쌓아온 작고 소중한 노하우들이 있기 때문이다. 이 노하우들이 위기를 헤쳐 나가고 인생의 새로운 장을 펼치는 데 보탬이 될 것이다. 당장은 믿을 만해 보이지 않더라도, 자신이 쌓아온 것들을 믿어보자.

일하는 사람의
두 번째 모국어

허새로미,
《내 언어에 속지 않는 법》*

'발등튀김'**이라는 단어를 처음으로 떠올린 건, 피로가 누적되어 우뇌와 좌뇌 사이에 불순물이 낀 것만 같은 어느 날이었다. 발등에 너무 자주 불이 떨어져서 거의 튀김이 된 상황을 비유적으로 이르는 말로 '발등튀김'을 정의했는데, 그 의미에 가장 부합하는 건 다른 누구도 아닌 나였다. 웃자고 하는 소리긴 했지만, 사실 이 말이 떠오르던 당시에는 몹시 괴로웠다. "빠르면 내일, 늦어도 내일모레 오전까지는 해주셔야 해요"라며 독촉해오는 일은 애당초 수락하지 않았는데도, 어느 순간부터 종종 '내일까지 해야 하는 일'에 쫓기고 있었다. 게다가 발등 위에 떨어진 불 때문에 뜨겁다가도 그 상태로 조금만 시간이 지나면 그 불씨가 따뜻하게 느껴져 견딜 만해졌다는 것도 문제였다.

자조를 담아 SNS에 오늘의 나를 묘사하는 짧은 글을 썼더니, 해야 할 일들이 줄지는 않았지만, 대신 많은 사람이 공감을 보내주었다. 고통을 나누니까 반이 됐고, 그 빈자리는 웃음으로 채워졌다.

한국뿐 아니라 전 세계에 비슷한 종류의 피로감을 호소하는 사람들이 있겠지만, '발등튀김'이라는 말이 다른 나라의 언어로 번역되기는 어렵지 않을까 싶다. '튀김'이야 그렇다 치더라도, '발등에 불 떨어지다'라는 한국 속담을 알아야만 이 표현을 실감할 수 있을 것이기 때문이다. 비슷한 이유로, 가끔은 한국어로 콘텐츠를 만들어내는 내 일의 한계를 은근히 체감하기도 한다. 내가 말하고 쓰는 모든 것들은 어떤 언어로도 직역될 수 있지만, 한국어에만 있는 비유나 관용어 또는 한국어로만 말맛이 사는 위트를 이해할 수 있는 사람의 수가 원체 적다는 생각이 들기 때문이다. (어쩌면 이 한계는 고등교육 과

- 허새로미, 《내 언어에 속지 않는 법》, 현암사, 2021.
- 개인 SNS에 '발등튀김'이라는 말을 떠올리는 하루를 보냈다고 쓰고 난 후 보름 뒤, 뉴스레터 〈캐릿〉에서 이 말이 다음과 같이 소개되었다. "'발등튀김', 무슨 말인지 감이 오시나요? 일이 많이 밀려서 발등에 불이 떨어지다 못해 튀겨져 버렸다는 뜻의 SNS 신조어입니다. 트위터에서 1.9만 회 리트윗되며 유명해진 표현이에요."("Z세대는 요즘 '발등튀김'을 찾는다?!", 〈캐릿〉, 2021.07.20.)

정에서 조금씩 배웠던 서너 개에 달하는 제2외국어들이 내게 단 한 번도 만족스러운 시험 점수를 주지 않았던 것에 대한 그럴싸한 변명일 수도 있다.)

다양한 문화권의 성인들을 대상으로 영어를 교육하는 허새로미˚의 책《내 언어에 속지 않는 법》은 2개 국어 이상을 자유자재로 구사하는 것, 즉 '바이링구얼bilingual'을 권한다. 이 책의 부제는 "한국어에 상처받은 이들을 위한 영어 수업"으로, 한국어만큼은 유창하게 구사하는 나 같은 독자를 위해 쓰였다. 평소에 의식하지 못할 뿐, 한국어에는 '눈치'·'기분'처럼 다른 언어로는 도저히 번역하기 어려운 말이 있다. 한국인들의 가슴 속에만 있다는 '한恨'도 마찬가지다. 이 책에 따르면, 언어와 문화는 영향을 긴밀하게 주고받는데 한국어는 전 세계 언어 중에서도 손꼽힐 정도로 고맥락high-context 문화권에 속한 언어라고 한다. 한국어가 "직접적이고 가시적인 메시지 전달보다, 암시적이며 때로는 숨겨져 있는 신호로 소통하는 문화"˚˚에 기반한 언어라는 것이다.

저자가 진행하는 어학 수업 커리큘럼에는 '한국어 감정을 영어로 옮기기' 세션이 있다고 한다. 수업의 내용은 '억울'이나 '서운' 같은 감정을 영어를 이용해서 더 작은 단위로 분해해보는 것인데, 수강생들의 흥미와 만족도가 높다고 한다. '억울'이나 '서운'은 큰 덩어리로 뭉뚱그려져 있어서 그 실체를 느끼기 어려운데, 슬픔·겁·좌절 등을 영어로 표현하는 과정에서 자기감정을 구체적으로 마주할 수 있다는 거였다.

　　일을 하다보면 내가 그렇게 우스운지, 무시하기 쉬운 상대처럼 보이는 건지 싶어 상대방에게 억하심정이 들 때가 있다. 내가 지금까지 다른 협업 상대들로부터 유쾌한 피드백을 받아왔대도, 한번 자각한 억울함은 그 모든 것들을 한순간에 잊어버리게 만들 정도로 큰 영향을 끼친다. 억울함은 주로 이해하기 힘든 업무상 요구, 사전 고지 없는 지급 지연 등의 순간에 발생한다. 내가 할 수 있는 일은 현재 감정을 그대로 드러내지 않으면서, 사실 위주의 정보를 중립적으로 나열하거나 완곡한 거절 의사를 표하는 것뿐이다. 그런데 내 선에서는 최선의 커뮤니케이션을 했다고 해도 '아오, 내 성질이 많이 죽긴 죽었네'와 같은 잔여 감정이 남는 건 어쩔 수 없다. 내가 상대

● 　허새로미는 2020년부터 시작된 뉴스레터 〈스피크이지〉의 발행인이기도 하다. 그는 관심 분야에 대한 해외 발행 콘텐츠를 직접 읽는 것을 강조하는 일환에서 《뉴요커》, 〈뉴욕타임스〉, 〈가디언〉을 비롯한 외신 기사를 발췌하여 보내준다.
●● 　앞의 책, 200쪽.

듣기 편한 말밖에 할 줄 몰라서 이렇게 말한 게 아니라는 걸 스스로가 누구보다 잘 알고 있는 탓이다. 일을 어렵게 만들지 않고 위기 상황을 넘겼더라도, 내 쪽에서 하고 싶은 말을 하지 않았을 때 뒷맛이 쓴 건 어쩔 수 없다.

일을 더 잘하고 싶은 직장인을 대상으로 한 실용적인 콘텐츠들은 '개떡같이 들려오는 말을 찰떡같이 알아듣는 법'과 '함께 일하는 상대의 입장을 배려하며 찰떡같이 말하는 법'을 동시에 갖추는 게 미덕이라는 메시지를 전한다. 이 논리에 따르면, 변할 수 없는 상대를 바꾸려 하기보다는 내가 조금 더 부지런해져야 한다. 완전히 틀린 말은 아니다. 내게 부정적인 감정을 안겨주는 업무 상대가 바뀌지 않는다면, 그를 매일같이 마주하는 것만으로도 센스와 눈치와 분위기 파악 능력이 키워질지도 모른다. 그러나 동시에 속은 점점 곪아간다. 마음 편히 일만 할 수 없는 사람이 되고, 그러다보면 혼자 있을 때도 내 느낌을 제대로 드러낼 수 없게 된다. 일단 퉁치고 넘어갔던 순간들이 쌓이면서 그저 하강 곡선만을 그릴 뿐인 기분의 정체가 무엇인지 알기 어려워지는 것이다.

인간관계에 서운함을 잘 느끼지 않는 편인 나는, 일할 때만큼은 종종 '서운해하는 사람'이 되곤 했다. 일하느라 바쁘다는 이유로 어떤 감정이 나를 압도해도 주의를 기울이지 않다보니 어느새 잔여 감정이 쌓여 있었던 것이다. 그래서 언젠가부터 일을 하다가 어떤 감정이 느껴질 때면, 잠시 멈춰서 그 감정을 구체적으로 기록해보기로 했다. '일상적으로 읽거나 쓸 때 활용하는 우리말'과 더불어 '일과 나만 있을 때 활용하는 우리말'이라는 2개 국어 보유자가 되어보기로 한 것이랄까. 이를테면 어떤 일이 도중에 엎어지거나 기대한 만큼 성과가 나지 않았을 때, 겉으로는 별일 아니라며 괜찮은 척이나 타격 입지 않은 척할 수 있어도 스스로에게는 더 솔직해지기로 했다. 그래야만 잘 풀리지 않았던 일을 나로부터 떠나보낼 수 있었다. 어떤 면에서는 애도의 과정과도 비슷했다. 덮어두고 다음에 더 잘하면 된다고 할 수도 있지만, 이 경우 다음에 같은 문제가 벌어졌을 때 더 감당하기 어려워질 수 있기 때문이다.

일이 우리에게 늘 부정적 감정만을 주지는 않기에, 긍정적 감정을 돌아보는 일도 필요하다. 사실 해보면 후자가 더 어렵다. 어쩐지 이 일을 잘할 것 같은 나를 향한 기분 좋은 긴장감, 처음부터 끝까지 수월하게 잘 해낸 나를 향한 자랑스러움, 우여곡절이 많았지만 어떻게든 마무리해낸 나를 향한 뿌듯함 등등. 상대로부터 긍정적인 피드백을 받았을 때 그 말을 듣는 내게 어떤 감정이 들었는지도 유심히 살폈다. 이를 통해 내가 과대평가되고 있다고 느껴져서 부담스럽지는 않았는지 혹은 상대를 계속해서 만족시킬 만한 자신감이 생겼는지를 돌아보고 더 의연히 대처해나갈 수 있었다.

한편 이 책에서 가장 실용적이었던 내용 중 하나는 영어로 이력서 쓰는 법이었다. 해외 취업을 계획하고 있어서는 아니었다. 핵심은 실제로 온갖 일을 하고 있더라도 자기소개에 "나는 잡다한 일을 합니다"라고 써서는 안 된다는 것. 이는 다재다능한 자신을 경멸하는 언어 사용법이다. 내가 프리랜서여서 '잡다한'이라는 형용사를 버리라는 메시지가 더 와닿았는지도 모를 일이다.

> 응시 분야는 '경영 지원'인데 상품 출시 이벤트
> '뒤치다꺼리'도 하고, 미팅 '수발'도 들며,
> 웹페이지 '구색'도 맞추어놓는다. 언어가 내 직무를
> 하찮게 만든다. 이걸 모두 제대로 된 동사로 바꾸어
> 자기 이름을 찾아주어야 한다. (…) 내가 이 일들을
> 모두 '하고 있는' 사람이며 '여기에 기술과 지식과
> 경험이 있다'는 사실을 인지해야 한다. 영어 이력서를
> 쓰는 일이 그걸 도와줄 것이다.[*]

일하는 나는 종종 상대가 하는 말의 속뜻을 파악하

고, 상대가 하지 않은 말을 추론하느라 피로에 절어, 차라리 입을 계속 다물고 있고 싶을 지경이 된다. 평소의 나라면 궁금해하지 않을 정보들이지만, 책임감 있게 눈앞의 일들을 해내야 하므로 결국 다음 할 말을 고른다. 그 사실에 짓눌리지 않기 위해, 일과 나 둘만 있는 순간이 되면 '또 다른 모국어'에 가능한 한 모든 감정을 싣고 털어낸다. 두 번째 모국어에 유창해지면, 다음에는 조금 더 나답게 일할 수 있겠다는 바람을 담아서.

●   앞의 책, 171~172쪽.

2년 차 프리랜서의
다섯 가지 실수[*]
#리베카 실, 《솔로 워커》[**]

프리랜서는 다양한 이름으로 불린다. 고용 형태가 자유롭다는 점에 집중하면 '프리 워커free worker'가 되고, 조직에 소속되어 있을 때보다 의사결정이 독립적이라는 점에 초점을 맞추면 '인디펜던트 워커independent worker'가 된다. 리베카 실은 혼자서 많은 것을 선택하느라 과부하가 온 프리랜서에게 '솔로 워커solo worker'라는 새로운 이름을 선사한다. 인간은 실수하는 동물이다. 2년 차 프리랜서인 나는 《솔로 워커》를 읽으며 그동안 저지른 실수들을 하나하나 돌이켜보았다.

1. 가장 큰 실수는 매주 6일에서 7일을 일했다는 것이다. 놀라울 정도로 자유자재로(혹은 반강제로) 일과 유착될 수 있는 게 프리랜서다. 실제로 어느 시점부터는 일

하는 시간을 단 0.5일 정도 줄이는 게 거의 불가능한 일처럼 느껴졌다. 작년 여름휴가 때는 휴가지로 가는 승용차의 뒷좌석에서도 일을 했다. 나 같은 사람들은 노트북을 어디에나 가지고 다닌다는 점에서 '디지털 노마드'라 불리기도 하지만, 그 단어에는 필요 이상의 낭만이 깃들어 있다. 솔로 워커가 과로의 위험에 더 많이 노출되는 이유는 "아주 설득력이 뛰어난 배우자나 동거인과 함께 살고 있지 않는 한, 과로로 넘어갈 위험을 막아줄 장벽이 훨씬 더 낮기 때문"[***]이다. 올해부터 나는 주 5일만 일하기로 했다. 일하지 않는 날에는 일과 완전히 상관없는 일을 찾아서 한다. 지난겨울에는 보늬밤 조림을 처음 만들어봤다.

   2. '창의적인 비교 대상'을 찾아 헤매며 시간을 허비하기

[•]   〈콘텐츠 로그〉에 유료 광고 콘텐츠를 담는 경우가 있다. 구독자에게 도움이 될 것으로 판단되는 브랜드, 서비스, 상품을 소개한다. 구독자들에게 내가 혼자 일하고, 혼자 뉴스레터를 보내고 있다는 사실을 자주 언급했던 편이어서, 《솔로 워커》에 담긴 메시지를 내 것으로 소화해 잘 알릴 자신이 있었다. '실수'라는 키워드를 중심으로, 혼자 일하는 구독자분들이 비슷한 실수를 저지르지 않기를 바라는 마음을 담아 콘텐츠를 기획했다. 이 글은 〈콘텐츠 로그〉 '2년 차 프리랜서의 다섯 가지 실수'(2022.01.21.) 편에 발행한 광고 콘텐츠를 일부 다듬은 것이다.

[••]   리베카 실, 《솔로 워커》, 박세연 옮김, 푸른숲, 2021.

[•••]   앞의 책, 81쪽.

도 했다. 우리는 크라우드 펀딩으로 배송받은 전자파 차단 스티커를 붙인 스마트폰을 열두 시간씩 붙들고 있는 사람들이다. 그 시간의 대부분은 SNS에 쓰인다. 그러나 SNS는 불필요한 비교를 부추길 때가 있다. 비교가 건강한 자극과 동기부여가 되는 경우도 있지만, SNS에서 그럴 가능성은 현저히 낮다. 가장 흔한 비교 대상은 자기 일을 하느라 꾸준히 바빠 보이는 사람이다. 《솔로 워커》에 따르면, 2017년 하버드대학교에서 진행된 한 연구는 SNS에서 바빠 보이는 사람일수록 사회적 지위가 더 높고, 더 부유하며, 고용 시장에서 인기가 더 많을 것이라고 주장한다고 한다. "(반조리 음식 배달서비스나 7분 운동법 같은) 프로그램을 이용할 만큼 바쁘다는 사실을 널리 알림으로써 자신의 가치를 증명"*하는 사람들이 있다는 것이다. 글쎄. 선뜻 납득되지 않는 연구 결과다.

인간이 얼마나 창의적으로 남과 나를 비교를 할 수 있는가를 생각해보면 까무러칠 정도다. 나는 줄곧 비문非文을 자주 쓰는 동종업계 사람과 나를 비교해왔다. 사회 초년생 때, 회의록이나 기획안에 비문을 쓰는 입사 동기는 상사로부터 기본기가 부족하다는 피드백을 받곤 했다. 그때는 동기를 평가하는 입장이 아니었지만, 이제는 비문을 쓰는 동종업계 사람을 볼 때면 그가 다듬을 것투성인 문장의 보유자인 만큼 자기 일에서도 분명히 서투를 것이라 어림짐작한다. 사실 직접 같이 일해보기 전에는 그 사람이 어떤 강점을 가졌는지 알 수 없는데도 말이다. 보이는 것 중심으로 사람을 재단할 때, 이런 식의 '창의적인 비교'가 일어난다. 그래서 신년 다짐을 '비문 쓰면서 잘나가는 사람 너무 아니꼽게 보지 않기'로 정했다.

3. 한글날부터 식목일 사이에는 산책을 하지 않았다. 나는 4월부터 10월까지는 하루 2만 보씩 실컷 산책하는 편이지만, 한글날이 지나고 식목일이 오기까지는 겨울잠 자는 동물처럼 집에서 생활한다. 추위는 싫고 더위는 좋아한다는 계절적 선호도에 따른 것일 뿐이었다. 하지만 그 결과 여름에는 일하는 내가 유능하게 느껴진 반면, 겨울에는 계약하고 착수한 일들을 하면서도 망해간다는 기분에 사로잡히곤 했다. 즉, 어떤 계절이든 최소한의 햇볕을 쬐며 걷는 것이 일하는 사람의 감정 상태에 지대한 영향을 미친다는 걸 알게 됐다. 업무 공간이 창가 쪽이라 햇빛을 받는다고 하더라도, 업무 공간 내에서 걷는 것 또한 중요하다. 책에는 작업공간이 일하는 사람의 행

●   앞의 책, 78쪽.

복과 불행에 어떤 영향을 끼치는지를 연구하는 에마 몰리의 이야기가 나온다. 그는 규모가 큰 사무실을 설계할 때 직원에게 개인 쓰레기통을 지급하지 말라고 당부한다고 한다. 그래야 사람들이 쓰레기를 버리기 위해서라도 억지로 움직인다는 것이다.

4. 싫어하는 일과 좋아하는 일이 동시에 나를 기다리고 있을 때, 반드시 좋아하는 일부터 했다. 프리랜서에게는 매일매일 일감을 재편성할 수 있는 권한이 있다. 심지어 좋아하는 일에 더 많은 시간을 쓸 수도 있다. 좋아하는 일부터 하면 능률이 올라서 싫어하는 일까지 잘할 수 있을 거라 여겼지만 그런 일은 일어나지 않았다. 비즈니스 및 리더십 전문가 마거릿 헤퍼넌은 프리랜서가 자신이 하는 일을 좋아하는 사람들이라고 전제한다. 그리고 다음과 같은 사실을 알려준다.

> 하기 싫은 일을 먼저 처리한 뒤에 조금 쉬었다가
> 휴식이 끝나면 좋아하는 일을 함으로써 스스로에게
> 보상하자. (…) 참고로 그 반대는 아무런 효과가 없다.
> 좋아하는 일을 한 뒤에 싫어하는 일을 진행하는 방식은
> 싫은 일을 더 싫게 만들 뿐이다.*

5. 마지막은 내가 나의 인사 담당자라는 생각을 단 한 번도 해본 적이 없었다는 점이다. "우리는 모두가 스스로의 홍보실장입니다!" 열심히 일하는 여성들이 자신의 성취를 더 많은 사람에게 알려야 할 때 종종 겸손한 태도를 취하는 것에 문제의식을 느낀 동료 H가 몇 해 전부터 해온 말이다. 한동안 이 말에 심취해 살았다. 그러나 내가 한 일을 내가 알리지 않으면 아무도 알지 못한다는 초조함은 프리랜서를 홍보실장 마인드로만 무장하게 만든다. 다음 일에 착수할 준비되어 있다는 신호를 세상에 내보내야 하기 때문이다. 그러나 나는 나의 홍보실장일 뿐 아니라 인사 관리자이기도 하다는 게 이 책에서 강조하는 메시지다. 프리랜서는 '이용 가능한 자원'이기만 한 것이 아니라 '충전, 재충전, 삼충전이 필요한 사람'이기도 하다. 이제부터는 다음에 해야 할 일을 결정할 때, 아래 인용구의 재정 책임자·인사 관리자에 홍보실장까지 더해 마치 팀 미팅을 하듯 스스로 1인 3역을 해보려고 한다. 매일 섬이 된 듯한 기분으로 일하는 나와 여러분의 건강한 노동 생활을 응원한다.

오로지 재정 책임자의 입장에서 스스로에게

● 앞의 책, 118~119쪽.

'내년에 수익을 두 배로 늘립시다'라고 말한다면

인사 관리자이기도 한 나는 이렇게 대응해야 합니다.

'현재 인력 충원은 불가능합니다. 목표 달성을

위해서는 기존의 직원을 쥐어짜야 합니다. 이 방식이

지속가능할까요?'*

● 앞의 책, 172쪽.

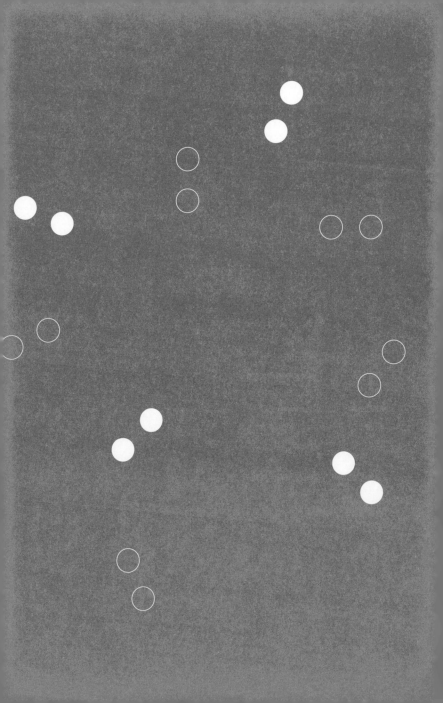

콘텐츠 만드는 마음

보는 사람에서 만드는 사람으로

1판 1쇄 발행   2022년 7월 1일

지은이   서해인
펴낸곳   (주)문예출판사
펴낸이   전준배
책임편집   박해민
편집   백수미 이효미
디자인   김하얀
영업·마케팅   하지승
경영관리   강단아 김영순
출판등록   2004. 02. 12. 제 2013-000360호
              (1966. 12. 2. 제 1-134호)

주소   03992 서울시 마포구 월드컵북로 6길 30
전화   393-5681
팩스   393-5685
홈페이지   www.moonye.com
블로그   blog.naver.com / imoonye
페이스북   www.facebook.com / moonyepublishing
이메일   info@moonye.com
ISBN   978-89-310-2280-3 03800